FALANDO DE
VIDA
APÓS A MORTE

Wagner Borges

FALANDO DE VIDA APÓS A MORTE

Como a consciência espiritual pode ajudar
você a superar a perda das pessoas que ama

Luz da Serra
EDITORA

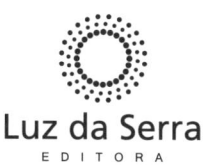

Nova Petrópolis/RS - 2020

Editorial:
Luana Aquino
Estefani Machado

Capa:
Gabriela Guenther

Revisão:
Fernanda Braga Simon

Projeto Gráfico:
Marina Avila

Dados Internacionais de Catalogação na Publicação (CIP)
(Câmara Brasileira do Livro)

B732f   Borges, Wagner.
           Falando de vida após a morte / Wagner Borges. – Nova Petrópolis: Luz da Serra, 2020.
           224 p. ; 23cm

           ISBN 978-85-64463-10-3

           1. Espiritismo: biografias. I. Título.

CDU 929

Vanessa I. de Souza CRB10/1468

Todos os direitos reservados. Nenhuma parte desta obra pode ser reproduzida ou transmitida por qualquer forma e/ou quaisquer meios (eletrônico ou mecânico, incluindo fotocópia e gravação) ou arquivada em qualquer sistema ou banco de dados sem permissão escrita da Editora.

Luz da Serra Editora Ltda.
Avenida 15 de Novembro, 785
Bairro Centro
Nova Petrópolis/RS
CEP 95150-000
livros@luzdaserra.com.br
www.luzdaserra.com.br
www.loja.luzdaserraeditora.com.br
Fones: (54) 3281-4399 / (54) 99113-7657

DEDICATÓRIA

ESTE LIVRO é dedicado às seguintes pessoas:
    Aos meus pais, Valdemar Borges e Maria Rita Borges,
    e às minhas duas queridas filhas – estrelinhas,
    Helena e Maria Luz.

Que o Grande Arquiteto do Universo ilumine suas vidas.

Wagner Borges

AGRADECIMENTOS

AS SEGUINTES PESSOAS foram fundamentais na edição deste livro:
- Ivan Carlos Sanfelippo,
- Ricardo Sanfelippo,
- Vítor Hugo França,
- Bruno J. Gimenes,
- Patrícia Cândido
- e Maísa Intelisano.

Que o Grande Arquiteto do Universo ilumine seus caminhos.

PELES DE ESTRELAS[1]

A LUZ QUE ESTÁ EM TUDO!

Por trás desses meus olhos de corpo brasileiro...

Estão outros olhos, ocidentais e orientais.

Olhos de negros, amarelos, vermelhos e brancos.

Olhos de todas as cores e peles, de todo lugar...

Da Terra, e além dela.

E, interpenetrados em todos eles, os meus olhos espirituais...

Olhos com brilho estelar.

E, acima deles, os Olhos do Ancião dos Dias...

Olhos do Todo[2] que está em tudo!

Por isso, quando eu olho, vejo algo mais...

A pele real de cada Ser, da cor da Luz.

Sim, pele estelar e espiritual.

Ah, enquanto eu olho, também escuto algo mais...

A canção das esferas!

Aquela canção, que toca em todos os planos...

E que também toca em cada coração, de todos os seres.

Quando eu toco, a Luz flui pelas minhas mãos...

E acha a Luz sob a pele de alguém.

A mesma Luz que gera tudo!

---

[1] Este texto foi feito especialmente para a reedição deste livro "Falando de Vida Após a Morte", pela Luz da Serra Editora.

[2] O Todo – expressão hermética para designar o Poder Absoluto que está em tudo. O Supremo, O Grande Arquiteto Do Universo, Deus, O Amor Maior Que Gera a Vida. Na verdade, O Supremo não é homem ou mulher, mas pura consciência além de toda forma. Por isso, tanto faz chamá-lo de Pai Celestial ou de Mãe Divina. Ele é Pai-Mãe de todos.

Quando eu cheiro, noto um perfume espiritual...
O mesmo que sai da pele de todo Ser.
O cheiro (energia) de cada um.
Sim, a vibração espiritual original, Luz na carne.
E quando eu saboreio algo, eu sei que também é energia...
Porque o Todo está em tudo!

P.S.: Visão, olfato, tato, paladar e audição...

Os cinco sentidos do corpo.
Interpenetrados neles, o Eu real, além das aparências.
Esse Eu Espiritual, que não nasce e nem morre...
Só entra e sai dos corpos perecíveis.
Esse Eu Estelar, pele de Luz...
Que navega pelos Mares do Eterno.
Esse Ser Espiritual, filho do Amor mais lindo de todos...
Em você, caro leitor; em mim, o escritor; e em todos.
Ah, essa pele de Luz interpenetrada em todas as peles...
Pele espiritual do Todo que está em tudo!
Porque todos os povos têm a mesma origem: a Luz.

(Dedicado a todos os que abominam qualquer forma de racismo e que caminham com brilho nos olhos e coração aberto para os abraços de todas as cores, em todos os planos de manifestação, na Terra e além...)

Paz e Luz.

WAGNER BORGES

São Paulo, 19 de junho de 2020.

PREFÁCIO

CARO AMIGO LEITOR,

Vida, mil vezes vida, sempre vida! É essa a mensagem que fica depois de ler este novo livro de Wagner Borges.

Não há morte, só renascimento. Não há fim, apenas recomeço. É esse o recado que vemos a cada página, nas palavras do autor e dos próprios espíritos que já fizeram a viagem de volta e nos escrevem mandando notícias.

Repleto de testemunhos, relatos e mensagens, este livro nos mostra que ninguém desaparece depois da morte física: apenas se muda e continua a viver, a aprender e a crescer.

A morte física é apenas uma transformação, pela qual todos já passamos e ainda passaremos muitas vezes, pois, para morrer, basta estar vivo. Assim como para renascer é preciso morrer mais uma vez.

Não há novidade nisso, pois em todas as culturas vamos encontrar ensinamentos que nos dizem que somos muito mais do que este corpo que adoece, envelhece e para de funcionar.

Todos os grandes mestres da humanidade já nos deram esse recado: Buda, Krishna, Jesus, Lao-Tsé e muitos outros. Eles vieram nos ensinar que somos todos luz, luz divina, entrando e saindo de corpos, crescendo e aprendendo a beleza de viver nos diversos planos de manifestação da vida.

Não há ausência, não há perda, apenas afastamento temporário. Não há abandono, não há solidão, apenas mudanças. Não há desaparecimento, não há destruição, apenas renovação.

E são eles mesmos, os nossos entes queridos que partiram nessa viagem, que vêm nos trazer esta mensagem de esperança e amor. São eles que vêm nos dizer, neste livro, que estão mais vivos do que nunca, felizes por poderem se comunicar conosco, cheios de vida e alegria, cheios de amor por nós e por Deus, cheios de entusiasmo pelo que ainda podem fazer e aprender.

Sim, muitas vezes o processo de morte acarreta dor e sofrimento tanto para quem está empreendendo a viagem como para quem fica no mundo físico com a lembrança e a saudade de quem partiu. Entretanto, esses são apenas alguns momentos passageiros, que em nada superam a alegria e o encantamento de descobrir-se ainda vivo e são, consciente de si mesmo, com as mesmas ideias e os mesmos sentimentos de sempre.

Livres das dores e das preocupações da vida física, tudo se transforma e ganha novo significado para eles. As flores são mais coloridas e perfumadas, o céu tem mais estrelas e as pessoas são todas especiais. E é isso o que eles querem que vejamos e sintamos também.

E, ao folhear estas mensagens, é isto o que vamos encontrar: mensagens de alegria, esperança e fé em nós mesmos e naquele que tudo criou e comanda com amor infinito. Essas mensagens nos dizem que não só não morremos, como ainda nos reencontraremos nos caminhos traçados para nós entre os dois planos da vida.

Sinto-me imensamente feliz por poder apresentar a vocês, leitores, este novo presente da luz que Wagner nos oferece. Espero que possam, tanto quanto eu, ver, nas entrelinhas, o brilho de cada uma das estrelas de Deus que aqui se apresentam. Elas vivem e continuam nos amando, mais do que nunca.

A você, Wagner, com quem tanto tenho aprendido e de quem tantas oportunidades maravilhosas de trabalho tenho recebido, meu abraço de luz e minha gratidão sincera. Espero que você possa ainda iluminar muitas vidas aqui na Terra, sendo médium do brilho de tantas estrelas que já fora viver do outro lado da vida e de lá nos mandam seus recados de amor.

E a você, leitor amigo, meu desejo sincero de que possa modificar a visão que tem da vida e da morte, entendendo que a morte não existe, a não ser como transformação da própria vida.

MAÍSA INTELISANO

Maísa Intelisano é pesquisadora, palestrante, dirigente e instrutora de cursos teóricos e práticos na área de parapsiquismo, mediunidade, percepção extrassensorial, bioenergias e autoconhecimento, com mais de 30 anos de experiência pessoal com a paranormalidade. Dirigente e facilitadora de cursos e trabalhos bioenergéticos e de orientação espiritual há mais de 10 anos. Reikiana nível II e estudiosa de tradições orientais e ocidentais, tem formação em abordagem transpessoal, florais de Bach e terapia regressiva e bioeletrografia, com atendimentos em São Paulo. É colaboradora do IPPB - Instituto de Pesquisas Projeciológicas e Bioenergéticas –, da Oficina de Consciência e também da Lista Voadores na Internet, além de escrever para a *Revista Espiritismo & Ciência* e a *Revista Cristã de Espiritismo*.

INTRODUÇÃO

ESTE LIVRO APRESENTA uma seleção de textos sobre vida após a morte.

Seu objetivo é oferecer esclarecimento espiritual a respeito das questões que envolvem a perda de alguém e da administração sadia dessa experiência. Nada de pêsames e dramas na abordagem dos temas. Em lugar disso, boas doses de discernimento e consciência, voltados para o raciocínio coerente.

Com esse objetivo, selecionei diversos textos que "falam de vida após a morte" e que poderão ajudar a clarear um pouco as veredas escuras da dor da perda, veredas estas que estão dentro do coração e precisam mais do "Sol das Almas" a iluminá-las.

Os textos são bem variados: há desde comunicações espirituais recebidas em diversas ocasiões (assinaladas, ao fim de cada uma, com a autoria espiritual específica), até mensagens que eu mesmo elaborei, além de alguns trechos extraídos de outras fontes.

A abordagem é espiritualista e aberta, sem pender para qualquer doutrina específica, tratando do assunto com aquela espiritualidade simples e clara, típica das consciências livres, que ousam raciocinar por si mesmas.

Com o lançamento deste livro, espero ajudar as pessoas que perderam entes queridos. Gostaria de vê-las sorrir e ser produtivas novamente, dentro de seus contextos de vida. Sei que isso depende do nível consciencial de cada um, mas também sei que é preciso superar a dor e seguir em frente...

Falar de vida após a morte é uma tarefa difícil, que exige discernimento e tato psicológico na abordagem dos temas. Falar dessa dor mexe intensamente com as emoções, mas é inevitável caso se queira esclarecer um pouco as coisas nessa área.

Por isso, peço aos leitores que não se limitem apenas às reflexões sugeridas aqui ou à forma como foram inseridas no livro.

A abordagem é firme, como a tarefa de esclarecimento exige, mas é generosa e cheia de amor em suas linhas sutis, como é necessário que aconteça nos toques da espiritualidade sadia e isenta de frieza intelectual.

Penso que unir inteligência e amor é o ideal em qualquer abordagem. Tentei fazer isso neste livro sem deixar de dizer o necessário, sem perder a objetividade. O certo é que não se faz um livro desses sem amor, isso eu posso garantir.

Repito: o objetivo é libertar as pessoas da dor da perda e devolvê-las ao seio da vida produtiva e consciente. Se os escritos aqui ventilados alcançarem essa finalidade, ficarei muito contente.

Gostaria muito de ver o sorriso no lugar do luto e da dor e de saber que a perda não paralisou a vontade das pessoas de viver e aprender muitas coisas nesse mundão de Deus.

P.S.: agradeço a todos os mentores extrafísicos que ajudaram na produção deste livro com inspirações espirituais salutares.

Paz e Luz.

WAGNER BORGES

RECADO DE LINDANANDA

ALMA AMIGA,
Se a sombra da amargura envolver seu coração, lembre-se do Sol irradiante. Sem luz, ninguém vive; sem amor, ninguém segue; sem paz, o tormento assenhora-se do raciocínio. Não se engane! Não há como fugir de si mesmo nem das circunstâncias existenciais que surgem em seu caminho.

Renove as esperanças e confie na intuição do coração.

Eleve seu pensamento a Jesus e deixe-O aliviar sua dor.

Pense na grandeza do universo e sinta quantas mãos invisíveis vêm em seu socorro. Não deixe o pessimismo toldar seu brilho.

Pare, olhe e pense! Há Sol todo dia!

Medite! Há luz surgindo dentro e fora de você.

Sinta o amor cósmico! Ninguém morre, querida amiga. Somos todos a mesma expressão eterna de vida divina. Dentro ou fora da carne, somos nós mesmos.

O amor também não morre, continua vibrando além da Terra. É real, é bonito e está sintonizado com os amores que vivem no planeta.

Enxugue seu pranto e desperte para a vida. A morte não mata ninguém, assim como a vida também não vive por ninguém, só oferece a chance de viver. Dilua seu pequeno amor de apego ao que partiu e entre no Grande Amor da vida.

Dissolva sua tristeza na Luz do Senhor.

Adentre o salão da eternidade de seu próprio coração e descubra a essência divina pulsando a vida perene por aquele que partiu rumo à vida extrafísica, por você mesmo, por este amigo que lhe escreve e por todos os seres.

Entre na Luz do Senhor, pois aí o Sol é mais forte e o Amor é mais lindo!

LINDANANDA[1]
(Recebido espiritualmente por Wagner Borges)

---

1 Lindananda: pseudônimo do professor Arlindo Corrêa da Silva (1910-1993), fundador da Missão Ramakrishna de Belo Horizonte e amoroso amigo extrafísico.

ESTRELA DE BRAHMAN - I

ESPÍRITO: ESTRELA DE BRAHMAN[2]
Corpo: Casca da Terra
Saiba discernir: sua luz está presa na casca,
Mas sua natureza é estelar.
Lembre-se de que você é Estrela de Brahman!

---

[2] Brahman, do sânscrito "O Supremo, O Grande Arquiteto do Universo, Deus, O Amor Maior que Gera a Vida. Na verdade, O Supremo não é homem ou mulher, mas pura consciência, além de toda forma. Por isso, tanto faz chamá-Lo de Pai Celestial ou de Mãe Divina. Ele é Pai-Mãe de todos.

VIVENDO, MORRENDO E APRENDENDO...

LEMBRA COMO ERA INCRÍVEL ANTES? Nós brincávamos tanto... O tempo parecia não existir e nada nos separava. Meus brinquedos espalhados pelo chão do quarto e você brincando e rindo comigo, por causa da bagunça.

Mãe, pode crer, eu era feliz com vocês e, se pudesse, ainda estaria morando aí... Só que Deus resolveu me puxar para fora do corpo de uma vez. A princípio relutei e não quis seguir aqueles homens-espíritos legais que estavam ali na UTI para me ajudar. Mas daí, apareceu meu avô no meio de uma luz bonita e me explicou que meu corpo estava bastante detonado pela doença e que eu não podia mais ficar dentro dele.

O vovô me pegou no colo e flutuou comigo por cima da cama onde meu corpo estava. Foi aí que apareceu um túnel de luz à nossa frente e o vovô mergulhou dentro dele comigo agarrado a ele. O túnel era radical e eu gostei de seguir dentro dele, pois havia uma "luz viva" nos envolvendo e ela parecia nos acariciar suavemente. A luz era gostosa, mas acabei dormindo no colo do vovô.

Quando acordei, estava deitado numa cama muito cheirosa e macia. O lençol que me cobria era branquinho e o mais incrível é que, à medida que eu respirava, ele soltava uma luz que me penetrava e me fazia um bem danado. Uma moça vestida de branco entrou no quarto onde eu estava e disse que eu tinha desencarnado, mas que eu estava bem. Pô! Achei isso muito estranho. Mas a moça estava falando sério mesmo. Daí me lembrei do que o vovô tinha falado para mim na hora de flutuar e fiquei quieto esperando-o chegar. Quando ele chegou, me deu um abração e logo me botou no seu colo novamente. Nem adiantou dizer para ele que eu já estava grandinho demais para ele me segurar como se fosse criança. Para falar a verdade, eu estava era com vergonha de aquela moça me ver no colo dele. Sabe como é, a gente tem de mostrar firmeza.

O vovô me levou para um jardim fantástico que tem aqui e me explicou tudo direitinho. Disse-me que eu tinha desencarnado mesmo e que precisava de um tempinho para me adaptar ao fato. Disse-me também que era para ter vivido só onze anos mesmo na Terra. Fiquei muito ligado em tudo o que ele me contava. Daí, ele me disse que havia a chance de um rapaz sensitivo sintonizar o pensamento comigo e escrever uma carta por mim e entregar para vocês.

Segundo o vovô, vocês até que aturaram bem a minha partida, mas parece que sobrou uma ponta de dor, quando vocês lembram da minha doença. É por isso que ele arranjou esse rapaz sensitivo para eu escrever através da mente dele. E lá vou eu:

Estou bem!

Vocês fizeram tudo o que podiam por mim. É que a minha hora tinha chegado mesmo.

Amo vocês e sei que continuam me amando.

Não me visitem no cemitério, pois não estou lá!

Não incomodem Jesus com preces lamentosas em minha intenção. Pô! Estou vivo e bem e não quero nenhuma lamentação vindo em minha direção!

Parem de falar com os outros sobre a minha morte. Falem sobre a minha vida. Foi uma vida curtinha, mas foi uma vidinha legal!

Quando o vovô olha para mim, sai luz dos olhos dele.

Olhem, tenho que parar de escrever agora. O vovô está me dizendo que o rapaz sensitivo ainda tem de escrever um monte de coisas de outros caras que estão aqui com ele. Quando der eu volto!

Um beijo.

VITINHO

***

Muitos filhos perdem pais, muitos pais perdem filhos, irmãos perdem irmãos, amigos perdem amigos e mulheres perdem maridos e vice-versa. Enfim, há gente perdendo gente para a morte a toda hora. Aliás, isso é óbvio: quem está vivo um dia morrerá!

É de espantar, então, que as pessoas não saquem que a vida na Terra é transitória. Se a vida é curta, por que as pessoas não aproveitam o tempo que têm para crescer, amadurecer, sorrir mais, enfim, para fazer algo bom?

Eu não sei dizer por que as pessoas são tão complicadas. Mas de uma coisa eu sei: como diz o ditado popular, "a morte não tem hora para chegar!" E ela chega mesmo. Isso é tão certo quanto a existência do Sol, da Lua e da gravidade.

ANÔNIMO

***

Nós sabemos que a maioria das pessoas não gosta de pensar nesses assuntos, mas sabemos também que, agora mesmo, em vários cantos do planeta, há gente perdendo gente querida. E sabemos que, amanhã, depois e depois, mais gente vai perder gente amada. Por isso, ainda há pouco, acompanhando o garoto passar a sua mensagem aos pais e amigos, nós, da "Companhia do Amor", também resolvemos escrever alguma coisa dedicada a todos aqueles que perderam um ente querido. Contudo, não queremos escrever para consolar. Nossa intenção é aguçar o pensamento do leitor, para que ele pondere sobre algumas questões ligadas à morte e ao morrer. Com essa intenção, alinhavamos os seguintes conceitos sintéticos para sua reflexão:

Natureza: *não é burra!*

Morte: *passagem para outro plano*

Suicídio: *a maior babaquice de todas*

Cemitério: *lixeira orgânica gigante (bacteriolândia)*

Espírito: *gente desencarnada*

Gente: *espírito encarnado*

Dia de finados: *o dia mais inútil do ano*

Sonho com alguém desencarnado: *às vezes, é um encontro espiritual fora do corpo.*

Cadáver: *casa abandonada*

Viver: *aprender, aprender, aprender...*

Morrer: *viver em outro plano e também aprender, aprender, aprender...*

Vela: *quando você acende uma, a primeira coisa que se ilumina é a aura da conta bancária do fabricante de velas.*

Velas - II: *no lugar de vela acesa³, acenda seu coração e irradie seu amor para todos.*

Criogenia: *esqueça! É melhor congelar sua falta de espiritualidade.*

Velório: ótima oportunidade para sentar quieto e ler um livro sobre vida após a morte.

COMPANHIA DO AMOR
A Turma dos Poetas em Flor⁴
(Recebido espiritualmente por Wagner Borges)

---

3 Aqui, os espíritos da Companhia do Amor estão apenas ironizando as pessoas que imaginam que a luz das velas é mais importante que a luz dos seus corações. Naturalmente, a picardia deles não está direcionada para aquelas pessoas que trabalham nas diversas operações de Magia, que, obviamente, usam as velas com finalidades esotéricas, e não como forma de apego a quem partiu.

4 A Companhia do Amor é um grupo de cronistas, poetas e escritores brasileiros desencarnados que me passam textos e mensagens espirituais há vários anos. Em sua grande maioria, são poetas e muito bem-humorados. Segundo eles, os seus escritos são para mostrar que os espíritos não são nuvenzinhas ou luzinhas piscando em um plano espiritual inefável. Eles querem mostrar que continuam sendo pessoas comuns, apenas vivendo em outros planos, sem carregarem o corpo denso. Querem que as pessoas encarnadas saibam que não existe apenas vida após a morte, mas também muita alegria e amor.

Os textos são simples e diretos, buscando o coração do leitor. Para mais detalhes sobre o lindo trabalho espiritual deles, leia "Companhia do Amor – A Turma dos Poetas em Flor", volumes 1 e 2, edição de autor.

SEGUINDO NA LUZ

INCENSO, MIRRA, FLORES, TANTO FAZ.

Para quem morre e se descobre vivo, o lucro é total.

Em um instante, a morte fecha seus olhos físicos para, instantes depois, a imortalidade descerrar seus olhos espirituais. Isso é interessante: seus olhos físicos estão mortos, mas veem a luz brilhar. Sua família chora e você fica com pena e tenta gritar para eles que está vivo, mas não sai voz nenhuma.

Em meio à ansiedade, parece que reconheço esse morrer. Pareço lembrar-me de que já morri antes e isto é tão conhecido!

O corpo está desligado e eu estou consciente.

Uma luz branca me invade e me comunica um bem-estar maravilhoso. Começo a chorar de alegria, pois sei que meu corpo está morto, mas sei que estou vivo.

Penso, sinto e vibro intensamente.

Essa luz reconfortante me embala como a um bebê.

Sinto-me desprender do corpo e flutuar, como um balão cativo que balança no ar, preso a uma corrente invisível que me move longitudinalmente.

Estou prestes a adentrar as portas do invisível, tão desconhecido e, ao mesmo tempo, de alguma forma, tão familiar.

Uma voz suave me diz, mentalmente, que estou voltando para casa mesmo e que minha família espiritual está à minha espera, como sempre esteve. Sou tocado por um amor tão intenso que não tenho como descrever tão doce sensação de enlevo e beatitude.

Estou seguindo... Bem vivo. Contudo, antes de seguir, quero dizer algo muito importante: aqueles que perderam um ente querido, vibrem para eles um "amor espiritual", sem apego, pois ninguém nos pertence. O Senhor nos dá a oportunidade de convivermos uns com os outros para nos aprimorarmos e crescermos. Não é para que soframos quando é chegada a hora da justa despedida.

Repito: nada nem ninguém nos pertence! Tudo pertence a Deus.

Que as pessoas meditem sobre isso. Que olhem o gélido cadáver e o comparem com o magnífico espírito brilhante que antes morava ali e os amava de verdade.

E é baseado nesse raciocínio que peço, encarecidamente, às pessoas que leiam sobre vida após a morte. Que pesquisem os dados disponíveis sobre essa questão tão vital para todos os que estão na Terra. Raciocinem, observem. Há um canto oculto dentro da própria alma, onde existe uma linda canção se manifestando. É a canção do coração! Escutem-na e sintam a vida presente. É a canção que deve ser oferecida para aquele que parte para a grande jornada além da carne.

Amem, amem, amem e parem de chorar!

Há uma luz suave ajudando a todos que partem. No entanto, para os que ficam, a única luz que pode guiá-los é a "luz do discernimento".

Nada morre. Tudo vive, sempre, em qualquer tempo ou dimensão, pois a luz de Deus está em tudo.

Um abraço a todos e muito obrigado por tudo!

JOÃO
(Recebido espiritualmente por Wagner Borges)

ESTRELA DE BRAHMAN - II

VIAJE PELA CROSTA DA TERRA COM AMOR
E cumpra sua missão.
Mas conscientize-se serenamente de que
Seu lugar é nas dimensões de Brahman.
A casca é útil por um tempo,
Mas a estrela é viva para sempre.

ELES VIVEM

SEUS CORPOS CAÍRAM, alguns até violentamente, mas ELES VIVEM!

Ultrapassaram a barreira da morte e flutuam, livres, no plano espiritual. O que os olhos físicos não veem, os olhos da alma percebem e mostram seus corpos espirituais brilhando no oceano de luz da espiritualidade.

Eles vivem sim, meus amigos!

Pensam, sentem e seguem, pois este é o destino da alma imortal: ser sempre viva, perene e consciente.

Despido da carne, o espírito volta à sua condição original, avalia a experiência da vida que passou e enceta a programação das futuras existências.

Trabalha, estuda e aproveita o tempo livre para expandir a consciência rumo às novas possibilidades evolutivas.

Eles vivem! Estão além da percepção dos cinco sentidos densos, mas estão presentes no sexto sentido daqueles que estão abertos às suas vibrações.

O objetivo de suas mensagens é alertar as pessoas de que a vida segue além da morte e dar-lhes a noção de princípios superiores que as ajudem a atravessar as dificuldades da existência terrestre.

Fazem isso por amor e ficam contentes em ajudar.

Se milhares de pessoas não aceitarem suas informações, outros milhares estarão receptivos a eles e abrirão as portas da alma para outros estados de consciência[5].

---

[5] Esclareço aos leitores que não tenho como atender a pedidos particulares de mensagens vindas de pessoas desencarnadas. Os textos que disponibilizo têm sempre o intuito de clarear um pouco a temática espiritual, no sentido do esclarecimento consciencial. Esclareço também que não estou ligado a nenhuma linha espiritual em particular. Procuro fazer aquilo que é para ser feito, no momento adequado, com a finalidade sadia de passar (ou, melhor dizendo, repassar) alguma coisa boa dentro da temática espiritual, seja oriental, seja ocidental, anímica ou mediúnica, bioenergética ou projetiva. Dessa forma, tenho ajudado, de forma universalista, pessoas das mais diversas áreas.

Eles vivem, ajudam, esclarecem e inspiram!
O motivo principal disso é somente este:
Eles vivem!

ANÔNIMO[6]

(Recebido espiritualmente por Wagner Borges)

---

[6] O espírito que me passou esses escritos não quer ser identificado. Ele não é conhecido publicamente, mas, mesmo assim, pediu-me para não contar nada sobre ele. Esse texto foi recebido dentro de um avião, no percurso de Salvador a São Paulo.

ELES VIVEM - II

NEM SÓ de "inverno cármico" vive o homem na Terra.

Há o Sol de Brahman brilhando no coração.

Longe das dores, nos planos do espírito, está a consciência real. As respostas estão ali. Não estão em cima ou embaixo, dentro ou fora, na carne ou além dela; estão dentro do coração!

***

Um conselho a quem perdeu alguém: "Não é com lamentação que a evolução acontece. É com discernimento, amor e alegria!"

***

Renasça das cinzas da tristeza, estude a espiritualidade e mantenha o otimismo.

Há muitos sóis brilhando e muitas pessoas vivendo em muitos planos.

Algumas estão dentro de um corpo e outras, não.

Mas isso não importa.

Todos vivem, crescem e evoluem!

Pessoas e espíritos são apenas brilhos de Brahman.

Pense nisso, caro amigo[7].

---

7 Recebi esse texto no Auditório do Hotel Vila Velha, em Salvador,

Abra um sorriso e alimente mais sua esperança.

O tempo tudo provê e ensina.

Espere e, por enquanto, apenas sinta a suave presença de um sutil perfume amigo que tanto o ama.

Paz!

XANDRA[8]

(Recebido espiritualmente por Wagner Borges)

SABEDORIA HERMÉTICA

"VOCÊ VESTE O VESTIDO PARA DESCER.
Você tira o vestido para subir!
Você veio de uma estrela.
Está em uma estrela.
E irá para outra estrela.
Pouse suave!
Os mestres orientam!"

---

minutos antes de iniciar um curso de Projeção da Consciência (experiências fora do corpo). Seu conteúdo está direcionado a um aluno que perdeu recentemente uma filha de quatro anos.

8 Xandra: mentora extrafísica hindu. Essa entidade exala uma energia sutil que é puro amor.

ELES VIVEM - III

O ESPÍRITO É ETERNO e os seus sentimentos transcendem a barreira da morte com ele —ou, melhor dizendo, dentro dele.

O Amor é um estado de consciência, não se acha nem se compra, não se explica nem se prende ao tempo; apenas se sente.

Na Terra ou no Espaço, é o Amor que vale a pena!

Dentro ou fora do corpo, é o que faz a magia da vida acontecer.

E é Ele que, ainda agora, incumbiu-me de escrever o seguinte:

— Nada morre!

O corpo físico é valioso para o aprimoramento do espírito acoplado nele pelo tempo preciso da experiência do que precisa viver.

Entretanto, o seu período de manifestação é circunscrito pelo espaço/tempo.

Independentemente da causa de seu momento final, o corpo é semelhante à roupa que alguém tira e deixa jogada. É vestimenta do espírito!

O corpo fenece, o espírito floresce!

À Terra o que é da Terra, às estrelas o que sempre foi delas.

O corpo pode tombar, mas quem será capaz de derrubar uma estrela?

A cova em que o corpo volta aos elementos da Terra pode ser funda, mas jamais poderá abrigar o espírito imperecível e viajante cósmico por natureza.

Não, não é no cemitério que moram as estrelas!

Não é nas ossadas que se encontra o brilho imperecível.

Nem na tristeza de quem ficou sentindo a falta da estrelinha.

Poderá o luto temporário de alguém reter o eterno?

Jesus, o amoroso rabi, ensinou:

"Na Casa do Pai há muitas moradas!"

E não parece que isso seja em algum cemitério ou crematório.

Krishna, o senhor dos olhos de lótus e mestre do darma[9], ensinou:

"O espírito não morre, é imperecível. Apenas entra e sai dos corpos perecíveis. O fogo não pode queimá-lo nem a água pode molhá-lo.

Que arma poderá destruir o eterno?"

Pois é, não parece que esse princípio eterno possa ser enterrado ou cremado.

E Buda, mestre do equilíbrio e da serenidade, disse: "Abaixo da iluminação só há dor."

E que iluminação poderá ocorrer com o corpo vazio de consciência?

O Sábio taoísta Chuang-Tzú arrematou bem essa questão: "Por trás de todo rosto sempre há uma caveira."

---

9 Darma, do sânscrito *dharma*, significa dever, missão, trabalho, mérito, meta virtuosa, programação existencial.

Pois é a caveira que beijará o chão, enquanto o espírito beijará o Céu.

Mesmo na possibilidade de um espírito ficar apegado ou zanzando por aí, pelo menos continuará vivo! E, em algum momento, melhorará e poderá seguir...

Todavia, o corpo continuará retido na Terra até sua dissolução se completar e ele, enfim, voltar a fazer parte da energia planetária, seu lugar de origem.

No entanto, aquele brilho que se via nos olhos de alguém e o amor que morava em seu coração não têm origem na Terra. Nem suas risadas...

Que cadáver poderá contar uma piada criativa?

Talvez esse seja mais um motivo da tristeza de quem perdeu alguém: para ouvir suas piadas e suas risadas, agora, só no céu.

Ou seja, se quiser rir junto com o espírito, terá de sair do corpo e ir até lá!

Luto e ilusão ficam no cemitério, junto com o cadáver.

Piadas, abraços, risadas e amor ficam no Astral, junto com o espírito que se foi. Ou dentro do coração, que também tem um céu, por onde se voa...

Para quem voa, seja fora do corpo, seja no Astral, seja no céu do coração, fica clara uma coisa: discernimento espiritual é fundamental para superar uma perda.

E perder alguém dói muito. Contudo, projetar sentimentos em direção ao cadáver e pensar que o ser amado está enterrado não aplaca a dor de ninguém.

Apegar-se aos objetos de quem partiu também não alivia o coração.

E depositar flores no túmulo não alegra defunto algum.

Melhor seria comprar flores e oferecer para alguém vivo e sair contente de ter feito alguém contente.

E não estou dizendo aqui que ninguém deveria sentir falta daqueles que partiram na jornada astral para além da carne. Só estou dizendo que dói mais quando só há falta física e quando falta discernimento para administrar a perda e voltar a viver.

É muito estranho ver alguém de luto no cemitério e o Sol brilhando em cima e saber que a pessoa não está vendo brilho algum e ainda se lamentando.

Também é estranho uma pessoa lamentar a perda de alguém e este estar do lado dela, flutuando, com seu corpo espiritual radiante e perto dela numa visita extrafísica.

Que estranho é lamentar-se pela perda, mas não se lamentar pela cegueira interdimensional. Visitar o cadáver no cemitério, mas não ser capaz de voar para visitar o espírito...

Mandar limpar o capim em volta do túmulo, mas não limpar a dor do luto em seu coração nem apreciar a vida que está no seu entorno.

Que estranho é esse hábito de projetar os sentimentos para o lugar onde o cadáver está enterrado. E, depois, muita gente diz que estranho é viajar para fora do corpo e visitar o mundo espiritual diretamente.

Visitar o túmulo frio e sem consciência alguma parece normal, mas visitar a consciência extrafísica viva, onde ela mora, no Astral, parece coisa de louco.

E eu fico pensando: na verdade, quem está louco?

Aqueles que esqueceram que cadáver algum jamais contará piadas?

Ou aqueles que viajam para fora do corpo e escutam piadas fantásticas de pessoas vivas além da carne, além de abraçá-las e rirem juntas?

Concluo esses escritos com uma mensagem que recebi há

alguns anos, do espírito Vidigal, um dos mentores extrafísicos da Companhia do Amor:

"Aproveite a grande oportunidade de trabalhar espiritualmente, da maneira certa, enquanto pode, pois a estrada pode ser curta e, a qualquer momento, a 'Dona Morte' pode vir buscá-lo. Quando isso acontecer, e quem sabe a data certa é só o carma, é bom que você tenha estampado, no seu peito astral, a palavra 'Amor' e tenha carimbado, no seu chacra frontal, o selo do controle de qualidade astral dizendo o seguinte: Esse é dos Bons."

P.S.: Penso que quem ler essas linhas e não me conhecer poderá pensar: "Esse cara está sendo muito duro!". Nada disso. É por amor que escrevi tudo isso. E o meu coração está brilhando muito, principalmente porque sei que não estou "dando os pêsames" para quem perdeu alguém querido. Pelo contrário, estou tentando ajudar essas pessoas, chamando para um raciocínio criativo e para voltar a viver. Não é aumentando o luto de alguém ou compactuando com sua tristeza que o estarei ajudando, mas, sim, fazendo aquilo que sei melhor: falar de espiritualidade de forma limpa e aberta. Se alguém se sente incomodado por um espiritualista falar de vida após a morte, coisa que é o seu natural, então que continue dando pêsames, visitando cadáveres e sofrendo muito... Até a próxima vez em que outro partir, para repetir tudo novamente. Enquanto isso, o Sol continuará brilhando e a vida continuará seguindo o seu curso natural, aqui na Terra e em outros planos de manifestação. Os corpos continuarão tombando ao fim de seu ciclo vital e os espíritos continuarão bem vivos, voando na imensidão sideral e nos planos extrafísicos... E novas piadas serão criadas, pois eles estarão sempre vivos. Não é por dureza que escrevo algo assim.

É que o Amor me pediu para dizer que ninguém morre mesmo e que os caras estão muito vivos. O motivo é apenas este: eles vivem! (Esses escritos são dedicados às pessoas que perderam entes queridos, mas que não perderam a capacidade de amar nem de se expressar com dignidade diante das provas da vida, e que voltaram a viver. Elas também vivem!)

WAGNER BORGES
(Ser humano com qualidades e defeitos, que tem muito que aprender nesse mundão de Deus, mas que já sabe que dentro da cova não mora ninguém.)

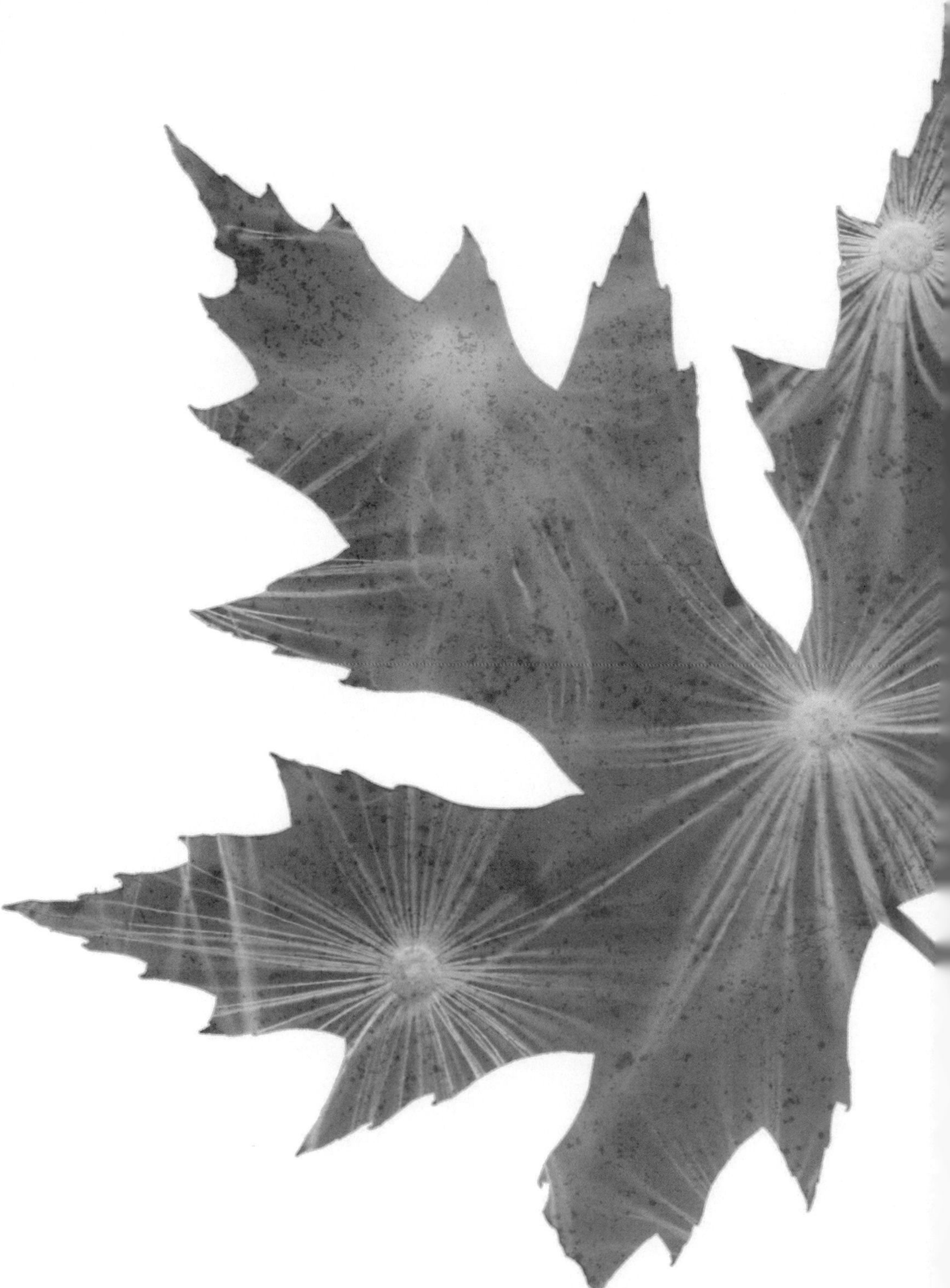

ELES VIVEM - IV

ELES VIVEM, SIM!

Não podemos percebê-los pelos cinco sentidos convencionais, pois eles moram em planos extrafísicos. Entretanto, eles sabem que tudo no universo é questão de sintonia.

Ah, eles estão ligados a nós não por ego, mas por Amor.

E de seus domicílios extrafísicos velam por nós.

Eles vivem... Desde sempre.

Não nasceram nem morreram, só entraram e saíram dos corpos perecíveis.

Nenhum deles está em cemitério algum!

Contudo, eles gostam muito de flores, pois veem nelas o poder da vida se manifestando – o mesmo poder vital que pulsa em seus corações e que também está em nossos corações.

Sim, eles gostam de flores não por saudade doentia, mas por verem a vida desabrochando... E eles também gostam de boa música. Talvez porque escutem a canção das esferas astrais e reverenciem a plenitude da vida em todos os planos.

Eles vivem e sabem que há um tempo para tudo, no Céu e na Terra... Sabem que o Amor é maior do que tudo!

Sim, eles não nos esqueceram e velam por nós. E, quando podem, vêm nos visitar, mesmo sabendo que sua presença será invisível para nós.

Todavia, eles não ligam para isso, porque vale mais a sintonia que encontram em nosso coração – o resultado real do que somos, em essência espiritual.

Sim, é verdade; às vezes, eles nos visitam sutilmente... E sussurram aos nossos sentidos astrais aquelas inspirações benfeitoras e positivas.

E, assim, exortam-nos sobre o valor da vida e a consecução de atitudes sadias no seio das vivências humanas e espirituais.

Ah, eles vivem, sim; e, secretamente, tocam os nossos melhores propósitos.

Então, nós nos encontramos na sintonia de nossos corações... E, no lugar da saudade, eles deixam toques de luz em nossas *auras*.

E fazem isso por Amor, jamais por apego, porque em seus olhos brilha a chama do Eterno... O mesmo Eterno que eles veem em nossos olhos.

Ah, esse Eterno, neles, em nós e em todos os seres.

Sim, eles vivem e não são fantasmas coisa nenhuma!

E eles vêm, cheios de Amor, para erradicar as trevas ilusórias da morte em nós – e exaltar a Luz da Vida. E os seus olhos têm o brilho de milhões de sóis juntos.

Eles vivem, amam, riem, brilham e seguem... Então, vamos fazer o mesmo.

Que, no lugar da tristeza, o Amor faça eclodir o brilho de milhões de sóis em nossos olhos. E que tudo melhore, como deve ser.

Ah, eles estão aqui só por Amor.

Porque eles vivem, eles vivem, eles vivem...

P.S.:
Que Amor é esse?
Que passa por aqui como uma brisa sutil,
Inspirando os corações.

Que Amor é esse?
Que toca a gente em Espírito e Verdade?
Que a gente não entende, só sente...

Que Amor é esse?
Que, invisivelmente, abraça a gente com tanta alegria.
Que faz a gente virar águia, voando na Luz...

Que Amor é esse?
Que diz, dentro da gente,
Que tudo vale a pena quando a alma não é pequena.

Que Amor é esse?
Que não se explica, só se sente...
Sim, só se sente.

(Dedicado àqueles que velam secretamente pelo Bem de todos os seres, na Terra e além...)

Paz e Luz

WAGNER BORGES
(Mestre de nada e discípulo de coisa alguma)

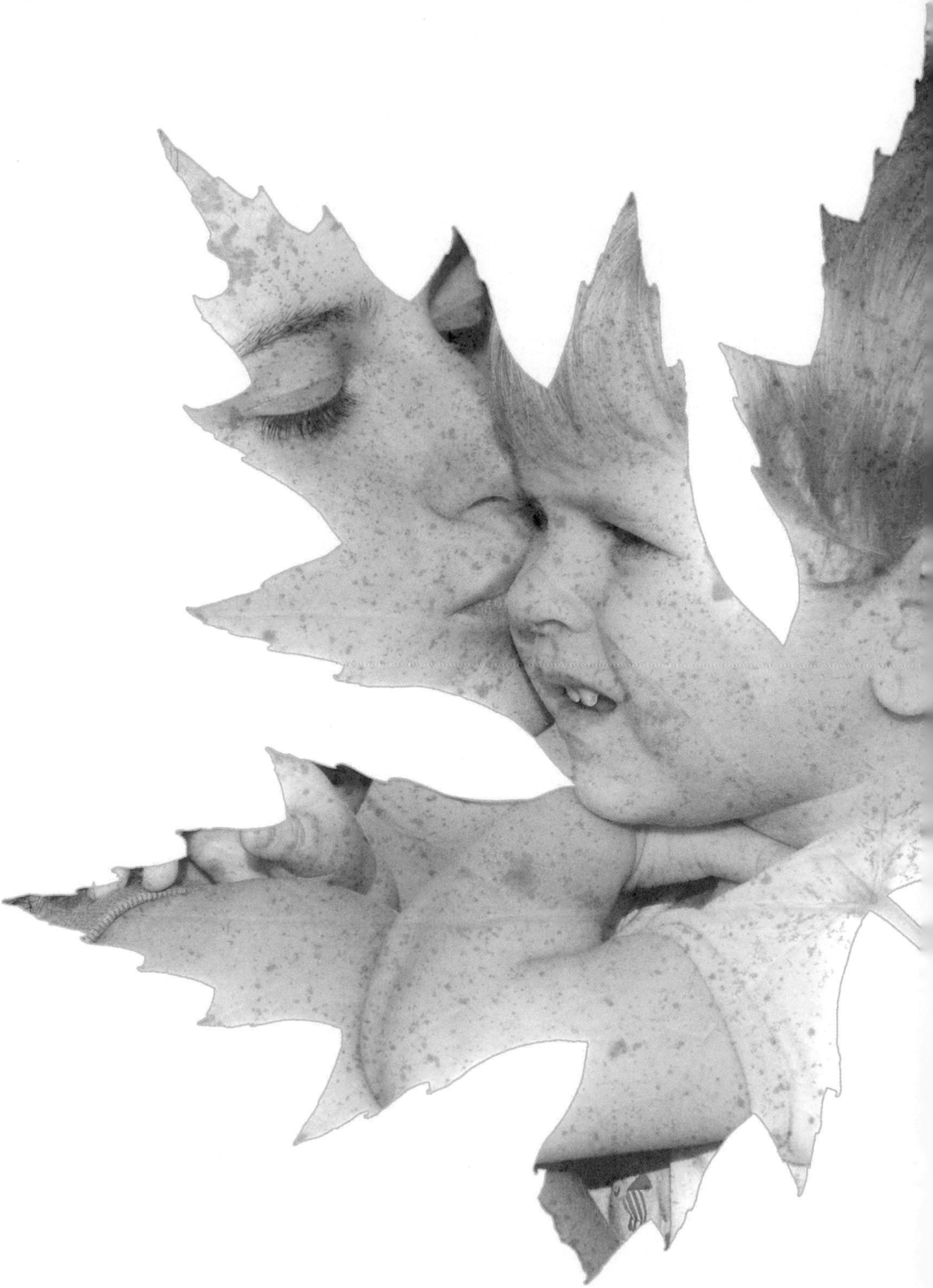

ELES VIVEM - V

ELES VOLTARAM para casa surfando nas cores do arco-íris, para além da linha do horizonte...

Com seus corpos espirituais[10] translúcidos, eles ascenderam por entre os diversos planos e entraram na Luz...

Sim, eles voaram de volta para o lar espiritual, lá na casa das estrelas.

Entretanto, não se esqueceram de seus entes queridos que ficaram na Terra.

---

10 Corpo espiritual – Cristianismo - Cor. I, cap. 15, vers. 44.
Corpo astral: do latim *astrum*, estrelado; expressão usada pelo grande iniciado alquimista Paracelso, no séc. XVI, na Europa, e por diversos ocultistas e teosofistas posteriormente.
Perispírito - Espiritismo - Allan Kardec, séc. XIX, na França.
Corpo de luz – Ocultismo.
Psicossoma - do grego, *psique* (alma) e *soma* (corpo). Significa literalmente "corpo da alma" - Expressão usada inicialmente pelo espírito André Luiz – nas obras psicografadas por Francisco Cândido Xavier e por Waldo Vieira, nas décadas de 1950-1960 –, atualmente é mais usada pelos estudantes de Projeciologia.

Pois, lá em cima, além do zimbório celeste, eles oram pelo bem de todos.

E, muitas vezes, eles descem e visitam secretamente os seus afetos... E quem os vê são as crianças pequenas e os animais.

Talvez por causa de sua inocência e simplicidade.

Às vezes, é o cachorrinho que pula e brinca quando os vê.

Em outras vezes, é o bebê que estende a mãozinha para o alto, brincando com alguém invisível.

E, na verdade, é a presença espiritual deles, bem vivos, além da percepção dos sentidos comuns.

Eles, que vivem!

Eles, que, às vezes, vêm na Luz da Inspiração e dizem sutilmente:

"Escreva, de todo coração, que o Amor é maior do que tudo!

E que, além do mundo físico, também existem outros mundos, densos e sutis, e que todos eles são no Coração de Deus.

Escreva que as crianças e os bichinhos não têm maldade alguma e, por isso, percebem a verdade que escapa aos homens feitos (e imperfeitos).

Escreva, sim, que as consciências espirituais jamais são enterradas ou cremadas, e que elas surfam nas luzes, por entre os planos, sempre vivas..."

PS.:

Ah, Eles Vivem!

E agora, além das crianças e dos bichinhos, quem sabe outros corações também possam sentir algo além, em Espírito e Verdade? Algo que se sente e não se explica.

Sim, que só se sente...

Eles Vivem, Sim!

WAGNER BORGES – pequena folha espiritualista levada pelo Vento do Supremo...
São Paulo, 1º de dezembro de 2011.

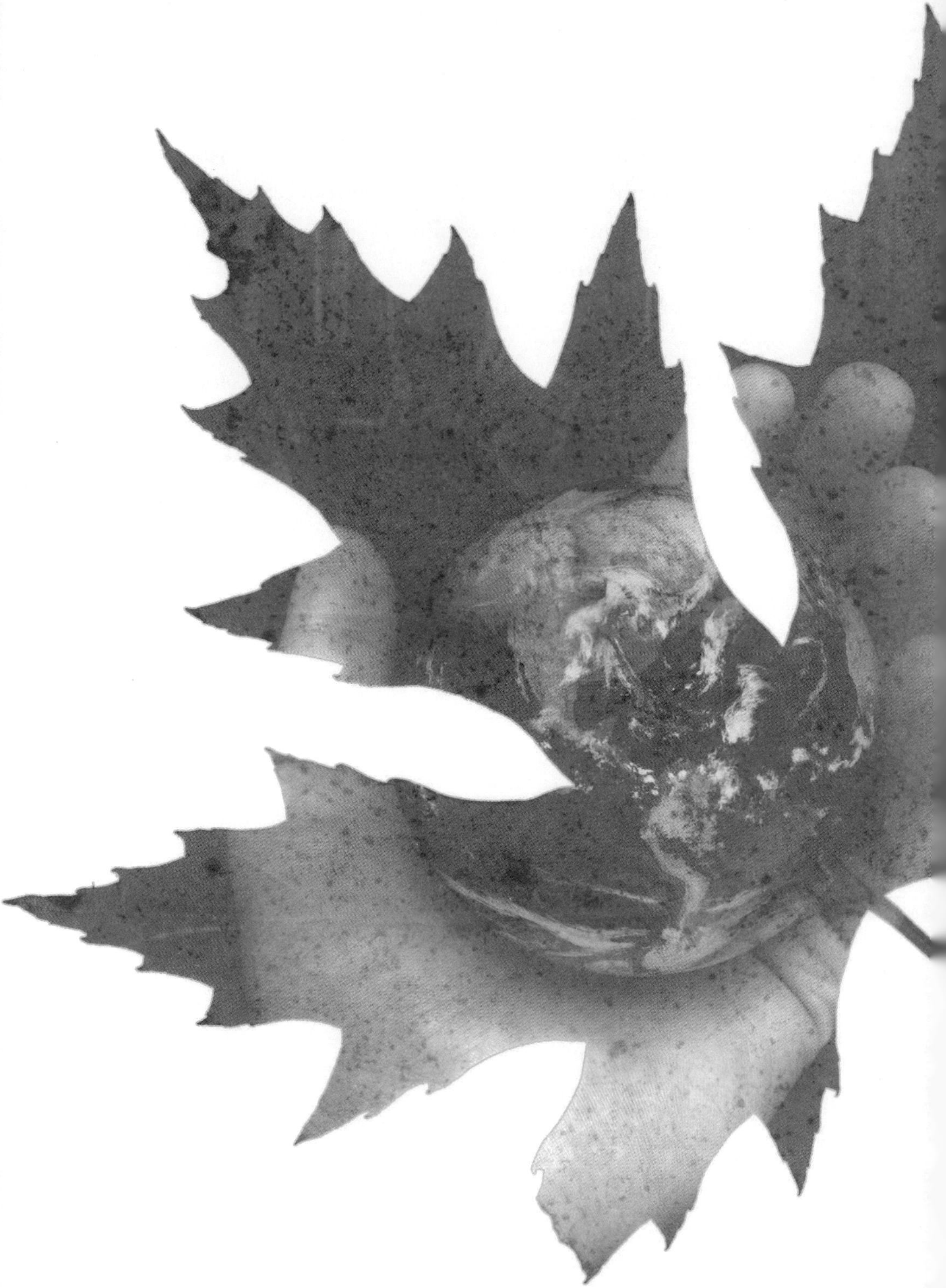

TUDO É ELE

A MEDIDA DE PERCEPÇÃO obtida pela sensibilidade dos sentidos humanos não é a medida das coisas do Universo. No grau relativo de suas percepções sensoriais, cada homem percebe uma realidade, de acordo com os seus parâmetros evolutivos.

Para os idólatras, Deus está nos ídolos.

Para os fundamentalistas variados, Deus está somente nos seus livros pesados de dogmas.

Para os naturalistas, Ele está na natureza.

Para os sonhadores, Ele está no céu.

Para os ritualistas, Ele está no cerne dos rituais.

Para os doutores da lei e escravos das letras e das doutrinas, Ele está nos tomos sagrados.

Para os homens generosos, Ele está no coração.

Para os sábios, Ele está em todo lugar, pois tudo é Ele! Tudo é Ele! Tudo é Ele!

WAGNER BORGES

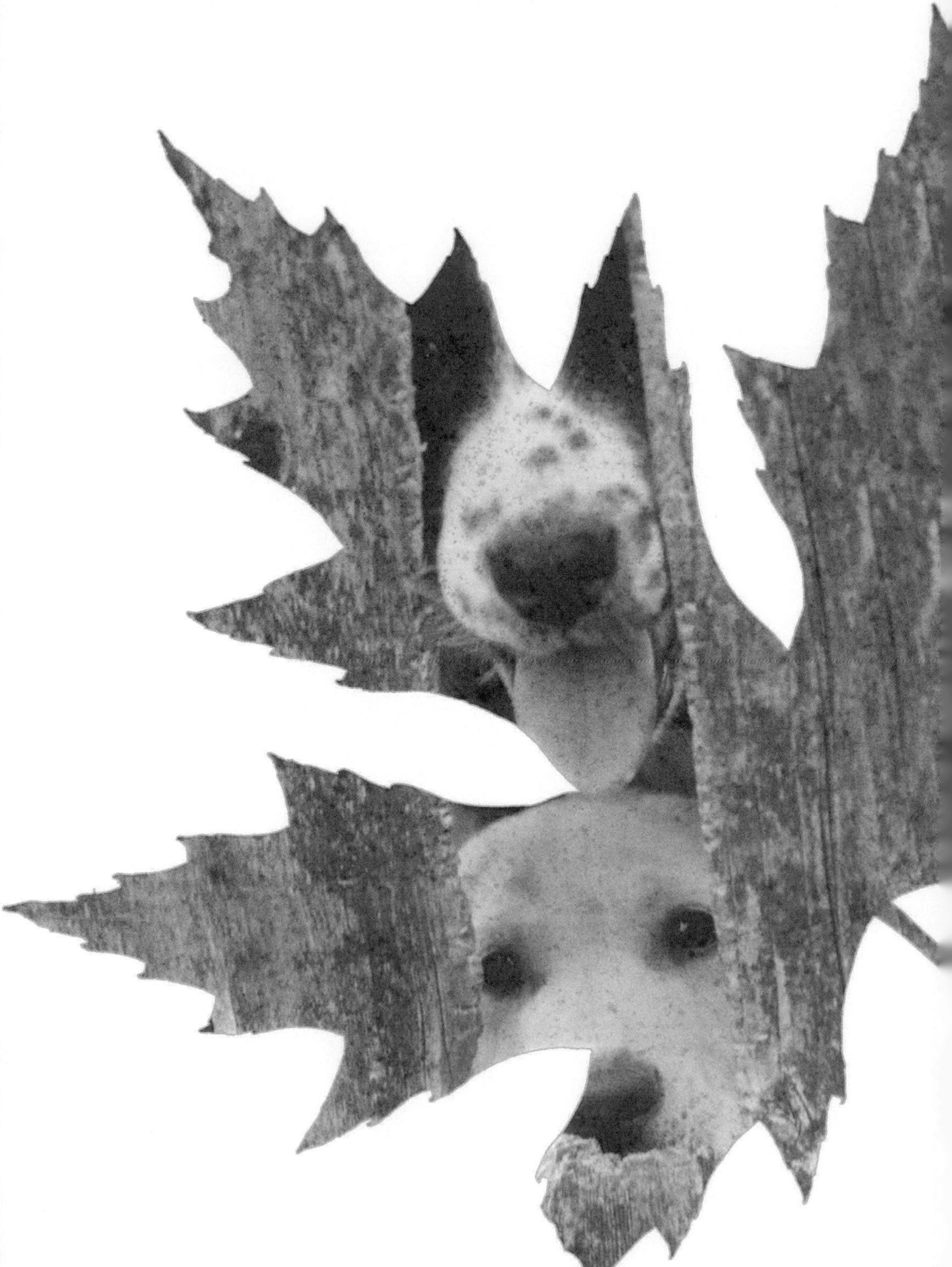

REFLEXÕES SOBRE
A IMORTALIDADE DA CONSCIÊNCIA

O ESPÍRITO NÃO NASCE NEM MORRE, apenas entra e sai do corpo. Isso significa que a consciência existe antes de o corpo nascer e continua existindo depois de o corpo morrer. É eterna e imutável! Logo, só o corpo é terrestre, pois é ele que nasce, cresce e morre, com o espírito dentro dele, sofrendo as repercussões dos fatos e das vivências da existência terrestre. Por esse parâmetro, o corpo é filho da Terra, o espírito é filho do espaço infinito, interdimensional, isto é, o espírito é extraterrestre, terrestre é só o corpo.

Durante a vida física, relacionamo-nos com pessoas revestidas de corpos e identificamos cada uma delas pela forma. E onde o espírito se manifesta mais, no corpo? Naturalmente nas áreas que refletem os pensamentos, os sentimentos e as energias, a saber: os olhos (pelo brilho), o coração e a aura.

Pensamentos, sentimentos e energias não são visíveis a olho nu, pois são abstratos pelo ponto de vista físico. Entretanto manifestam-se através do corpo, veículo físico da consciência. O que vai morar no cemitério é a forma, invólucro temporário do espírito. Aquele corpo tem laços consanguíneos com parentes, pois foi engendrado a partir de seus antecessores. Os laços do espírito são os pensamentos, os sentimentos e as energias vivenciados no relacionamento de vida com os outros.

O cadáver é transformado (lembre-se das aulas de Química na escola – Lavoisier: "Na natureza, nada se perde e nada se cria, tudo se transforma"), em algum tempo, em outras formas, dentro da Terra. Note bem: é um elemento terrestre, sempre foi! Por isso, volta para ser reciclado nas energias planetárias. Esse corpo é parente da Mãe Terra, faz parte d'Ela, veio d'Ela e volta para Ela.

Qualquer outro corpo também é da Terra. Sai d'Ela e volta para Ela. Logo, todos os corpos são parentes, irmãos da Terra. Todos os espíritos (consciências extrafísicas) pertencem ao infinito. Portanto, são irmãos de existência eterna.

Um corpo só é válido enquanto tem um espírito manifestando-se por meio dele. Sem espírito, é apenas um elemento terrestre. As pessoas acostumam-se com a forma e sentem falta da presença física, o que é natural. Por isso, associam o corpo, que jaz no cemitério, à pessoa. Contudo, a pessoa não está lá, pois, sendo extrafísica em essência, mora no plano extrafísico. Quem merece a reverência e o carinho é o espírito, lindo, brilhante, eterno, imutável e real. O corpo é temporário, é filho da Terra, de onde saiu e à qual pertence naturalmente.

Quando se lembrar de alguém que partiu, por favor, pense na pessoa como ser vivente, atuante e vibrante em planos extrafísicos. É seu (sua) parceiro(a) de consciência infinita. Quando se lembrar de corpo e cemitério, por favor, lembre-se de Lavoisier e das aulas de Química. Ele só foi seu (sua) parceiro(a) por um tempo de vida. Agora, é só um elemento da Terra, parente planetário.

Entendo bem o lado psicológico de uma perda e sei que muitas pessoas precisam vivenciar isso emocionalmente. Precisam de uma referência física que expresse sua dor e sua saudade. O cadáver jungido à gleba de terra do cemitério é a válvula de escape emocional da dor das pessoas. Serve de catalizador de suas saudades. Entretanto, sendo espiritualista e vivenciando fatos espirituais, sei que a perda é apenas uma ilusão sensorial. É apenas temporária. Administro bem a perda exatamente por saber que ela é irreal.

As pessoas que eu conheci manifestavam-se pelo corpo, mas não eram o corpo! Eram pensamento, sentimento e energia. E isso não se encontra no cemitério, mas, sim, na vida infinita e interdimensional.

Conclusão: a relação humana com corpos e cemitério está intimamente ligada à falta de espiritualidade das pessoas.

Corpo é parente terrestre só por um tempo. Espírito é irmão espiritual para sempre!

Associações óbvias:

ad ver *bactérias.*

sp rito *vida, dentro ou fora do corpo, sempre!*

Paz e Luz!

WAGNER BORGES

VIAGEM

O chão de estrelas se abriu.
E você caiu dentro de um útero.
Você renasceu e chorou.
Agora, só falta despertar e rir.

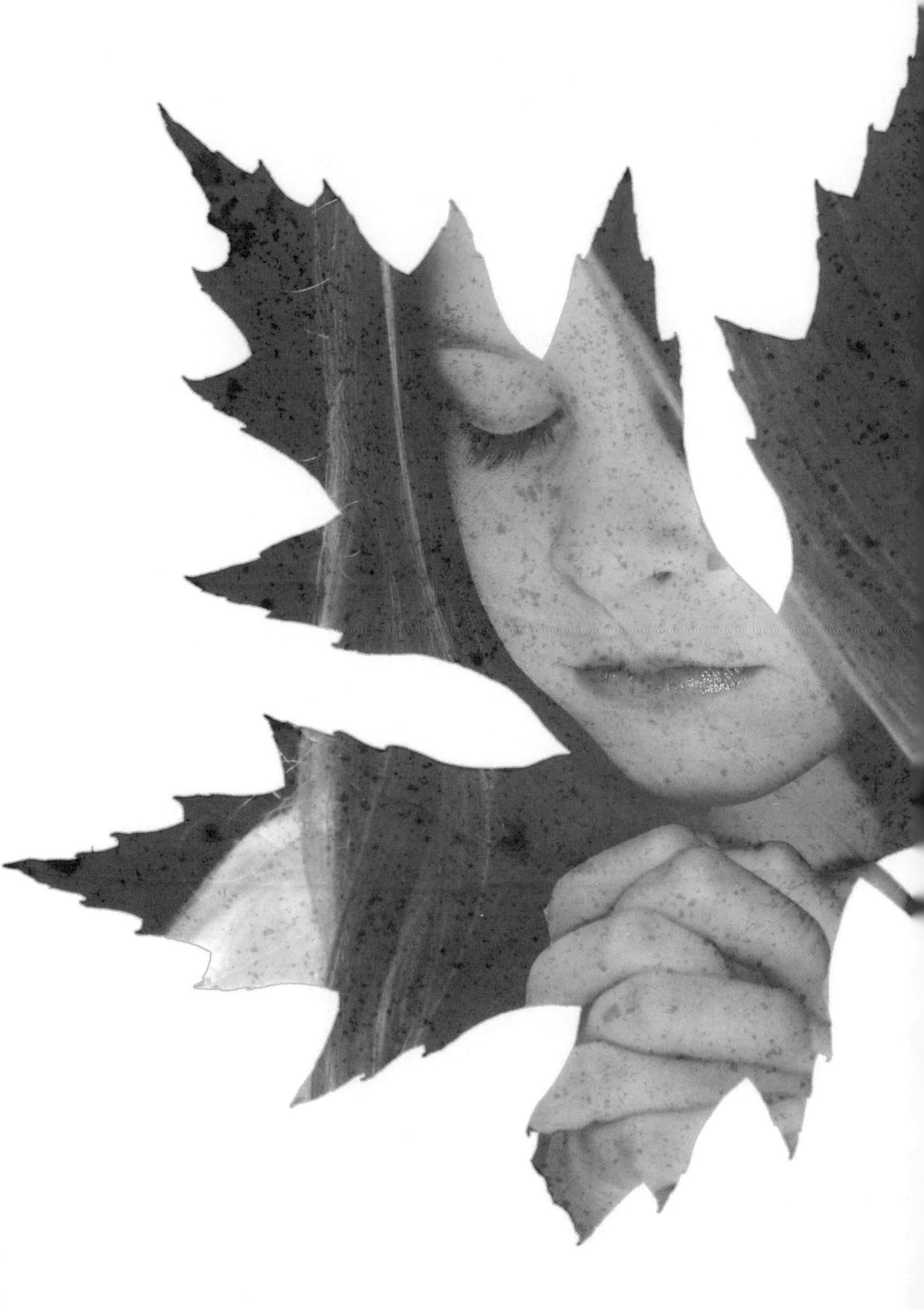

REFLEXÕES SOBRE A IMORTALIDADE DA CONSCIÊNCIA - II

OLÁ, AMIGOS!

Devido ao meu trabalho espiritual, recebo muitos *e-mails* e cartas de pessoas me pedindo para que eu receba alguma mensagem espiritual de seus entes queridos desencarnados. Entretanto não tenho como atendê-los. As mensagens que recebo são de cunho geral, visando ao esclarecimento espiritual das pessoas. Recebo-as por orientação dos amparadores extrafísicos que trabalham comigo. Além do mais, fica difícil "pegar" uma mensagem de uma pessoa que nem sequer conheci aqui no plano físico. É possível, mas é muito mais difícil. Quando conheço a pessoa, fica tudo mais fácil, pois aí há parâmetros para uma conexão espiritual. Às vezes, os próprios mentores trazem notícias da pessoa em questão.

Fico pensando se as pessoas imaginam que há uma seção de achados e perdidos no plano espiritual e que é só chegar lá, com um nome, e pegar uma mensagem.

O Universo é constituído por muitas dimensões e planos que se interpenetram. Matéria é energia condensada e energia é matéria em estado radiante. Logo, tudo é energia em graus variados de densidade. Um contato espiritual depende de vários fatores: sintonia entre as partes, circunstâncias extrafísicas ou *cármicas*, aprendizado das pessoas envolvidas, orientação dos guias espirituais que coordenam esses processos anímico-mediúnicos e disponibilidade da pessoa buscada no plano extrafísico. É tudo uma questão de frequências interdimensionais. Ou seja, é pura sintonia!

Ao longo de muitos anos trabalhando com o lado espiritual (minhas primeiras experiências parapsíquicas iniciaram-se em 1977, quando eu tinha 15 anos), já vi muitos espíritos, conhecidos e desconhecidos. E aprendi que uma comunicação espiritual só acontece se o pessoal do "lado de lá" quer ou se a pessoa interessada desenvolve-se e abre suas parapercepções para outras frequências vibracionais.

Não é uma mensagem psicografada que acabará com a saudade e o vazio das pessoas. O que acabará com a sensação de perda é a maturidade da própria consciência, seu crescimento como pessoa, sua própria evolução, que lhe mostrará que a energia do TODO está em tudo!

Crescendo, ela perceberá o toque da vida em tudo. Sentirá, em seu íntimo, certa ressonância com os planos invisíveis e terá plena certeza da imortalidade da consciência. Não mais acreditará, pois terá ampla certeza. Não dirá "eu creio!": dirá "eu sei!"

É óbvio que sentirá falta da presença da pessoa amada que partiu, mas administrará isso muito bem. Não será saudade doentia, será compreensão oriunda do discernimento e de sentimentos verdadeiros.

O que as pessoas estão precisando é de claridade nas ideias e muito amor no coração.

Amigos, que tal colocar, no lugar da turbulência emocional, um pouco de esclarecimento espiritual, amor, alegria e vontade de viver? Se a pessoa amada foi arrebatada para outros planos, aceitem! Vocês têm que seguir a vida e aprender o máximo possível, até chegar a hora de vocês serem arrebatados também. A natureza nos obriga: temos que viver! A pessoa amada partiu, mas quem disse que nossa vida tem que partir também?

Se conseguirem uma mensagem de alento da pessoa, ótimo. Caso contrário, por favor, cresçam! Não deixem a tristeza bloquear seus sentimentos para com a vida e as outras pessoas.

Desculpem a franqueza, mas não é uma mensagem psicografada que confortará seus corações. O que os confortará é saber que está fazendo o melhor possível na existência. É ter certeza de estar usando o bom senso em todas as situações. É saber que o próprio coração é um imenso manancial de amor, seja pelos que estão vivos no plano físico, seja por aqueles que estão vivos nos planos extrafísicos, além da vida terrestre.

Elevem seus pensamentos e sigam o fluxo da vida, pois não há alternativa para quem vive na Terra, a não ser viver, viver e viver... Até que, um dia, no justo momento final de nossa existência no planeta, a morte nos arrebate para os planos extrafísicos. E aí, só nos restará viver, viver e viver... Extrafisicamente, junto daqueles afetos que nos precederam na jornada.

Meus amigos, sei que esse é um tema difícil de ser abordado, mas é necessário tocar nesses pontos nevrálgicos, escondidos dentro do coração. Não estou insensível aos pedidos das pessoas e entendo-as. Contudo, não estou disposto a compactuar com suas vibrações de tristeza. Prefiro ser direto e preciso, mesmo parecendo um pouco duro, pois minha função, como espiritualista consciente, é elevar o clima íntimo das pessoas.

Saudade dói, mas ignorância dói mais!

Visitar o túmulo de alguém pode até confortar a pessoa, mas estudar um tema espiritual conforta muito mais. Revoltar-se, por causa da perda, não traz a pessoa amada de volta e ainda bloqueia nossa percepção para as realidades maiores da existência. Deixar o manto da tristeza envolver o coração impede a pessoa de apreciar a maravilha que são o nascer e o pôr do sol. Enlutar a consciência só impede os amigos de perceberem o brilho de seus olhos. Ficar mal é um atentado contra a beleza da existência, mesmo com todos os problemas que o viver diário apresenta. Odiar tudo isso é fácil, difícil é olhar claramente e tocar o barco em frente... Com amor.

Para reflexão acerca desse tema, reproduzo aqui alguns pensamentos sobre a imortalidade da consciência:

"Há corpos de agora com almas de outrora. Corpo é vestido. Alma é pessoa."
EÇA DE QUEIRÓS

"Depois de um curto sono, despertamos na eternidade. A morte não é mais do que isso."
JOHN DONNE

"Maravilhosa é a força que me vem da certeza de não morrer jamais, de fazer, sem estorvo, a minha obra, por mais que, às vezes, o meu corpo sofra...
Bem sei: aquilo que almejo e faço não cabe, de uma vida só, no espaço."
CRISTIAN MORGENSTERN

"Os que não esperam outra vida já estão mortos nessa."
GOETHE

"Importa mais como se viveu do que quanto. Viver bem não é viver muito, e sim viver para além do tempo concedido, o que somente se obtém vivendo para o Bem."
RALPH WALDO EMERSON

"Sem a esperança da imortalidade, seria inútil viver algum tempo somente para padecer tantos males e chorar, tão amiúde, perdas irreparáveis."
VICTOR TISSOT

"Tenho a certeza de que nem a morte, nem os anjos, nem os demônios, nem as coisas presentes, nem as futuras, nem as potências, nem as alturas, nem as profundidades, nem qualquer outra criatura poderá separar-me do amor a Deus."
PAULO DE TARSO

"O homem capaz de negar a existência de Deus diante de uma noite estrelada ou junto da sepultura de seus maiores, sem noção da imortalidade, ou é um grande infeliz ou um grande culpado."
MAZZINI

"Que grandes homens tenham morrido nos capacita a morrer com tranquilidade; que eles tenham vivido nos certifica da imortalidade."
EMILY DICKINSON

"O homem não tem poder sobre nada enquanto tem medo da morte. Aquele que supera esse medo possui tudo, pois é imortal."
TOLSTÓI

"Só a alma é imortal: só essa pura essência. Jamais se decompõe ou jamais se aniquila. O corpo é simplesmente a lâmpada de argila. A alma, eis o clarão."
GUERRA JUNQUEIRO

"Nada perece e nada morre, a não ser o revestimento, a forma, o invólucro carnal, em que o espírito, encarcerado, se debate, luta, sofre, aperfeiçoa-se; morre a forma – essa carcaça –, mas rebrilha a alma, esse gnomo de luz; e o que é essa existência do corpo – um sopro –, perante a existência da alma – a eternidade?"
ALBERTO VEIGA

***

Se eu pudesse, chegaria bem pertinho de vocês e gritaria bem alto: "Ninguém morre!"

Contudo, não dá para fazer isso a distância. Mas é possível (se vocês estiverem abertos para isso) que, por intermédio desses escritos, nossos corações toquem-se espiritualmente na sintonia de um Amor Maior. Daí pode surgir uma suave vibração invisível que permeie seus sentimentos e aumente sua compreensão. Suas lágrimas transformar-se-ão em pétalas de luz, e algumas vozes sutis, pelas vias da inspiração, dirão, no silêncio do coração espiritual:

"A VIDA CONTINUA!
AQUI E LÁ, LÁ E AQUI,
CONTINUAMOS BEM VIVOS!
E AMAMOS VOCÊS,
ASSIM COMO DEUS
AMA A TODOS NÓS!
TENHAM PACIÊNCIA E
JORNADEIEM PELA VIDA
COM DIGNIDADE E SABEDORIA!
QUEBREM AS CORRENTES DA DOR
E EMANEM PENSAMENTOS E
SENTIMENTOS BENÉFICOS.
NA HORA EXATA,
ESPERAREMOS VOCÊS
COM FLORES DE LUZ
NO CORAÇÃO DE DEUS!"

Paz e Luz!

WAGNER BORGES

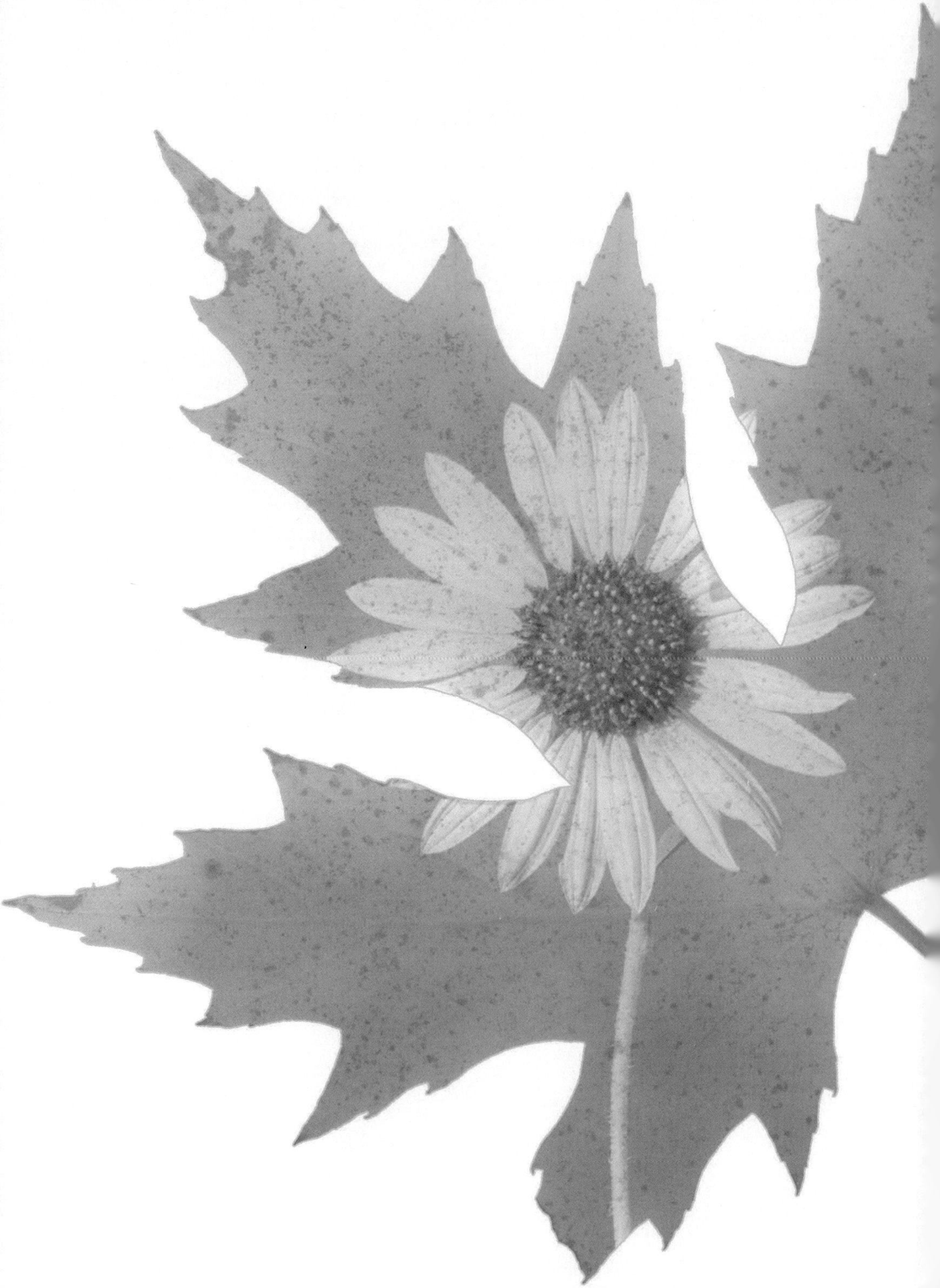

VOLTANDO PARA CASA...

MÃE E PAI,

Estou partindo, pois chegou a minha hora.

O céu me chama e meus amigos astrais me esperam contentes.

Flutuo imersa na luz pura da alma e escuto músicas muito lindas.

Estou voltando para casa e sei que já vivi antes.

Lembro-me vagamente de outras vidas e meus amigos astrais dizem-me que me lembrarei de tudo em breve.

Mãe querida, vocês é uma pessoa valorosa e muito determinada.

Pai querido, você é um grande amigo e admiro-o muito.

Agradeço a vocês o amor que me dedicaram.

Sei que fariam tudo por mim, mas meu verdadeiro Pai me quer de volta nos reinos espirituais. Vocês são espiritualistas e entendem bem essas coisas.

Fiquei aí o tempo que tinha de ficar.

Eu me lembrarei sempre de vocês com muito carinho, pois, além de pais, vocês são meus irmãos espirituais.

Vou embora na luz que me guia...

Dormirei um pouco e, quando acordar, serei "EU MESMA" novamente, sem o condicionamento humano.

Pertenço a uma linha espiritual de hindus que trabalha nas "fronteiras espirituais" do Ocidente. Podemos reencarnar em vários lugares, mas, sempre que saímos do corpo transitório, voltamos à convivência espiritual.

Mãe e pai, desculpem-me por dizer as coisas desse jeito, mas não pertenço a vocês.

Os poucos anos que passei por aí, "vestida de corpo infantil feminino", foram muito úteis a mim e a vocês também, pois aumentaram o brilho do nosso amor.

Vamos nos reencontrar na hora certa, quando o Pai determinar.

Continuem firmes no trabalho espiritual, pois, agora, além de filha, também sou "mentora espiritual" de vocês.

OS INICIADOS[11]
(Recebido espiritualmente por Wagner Borges)

---

11 Os Iniciados: grupo extrafísico de espíritos orientais que opera nos planos invisíveis do Ocidente, passando as informações espirituais oriundas da sabedoria antiga, adaptadas aos tempos modernos e direcionadas aos estudantes espirituais do presente. O grupo é composto por amparadores hindus, chineses, egípcios, tibetanos, japoneses e alguns gregos. Eles têm o compromisso de ventilar os antigos valores espirituais do Oriente nos modernos caminhos do Ocidente, fazendo disso uma síntese universalista. Estão ligados aos espíritos da Fraternidade da Cruz e do Triângulo. Segundo eles, são "iniciados" em fazer o bem sem olhar a quem.

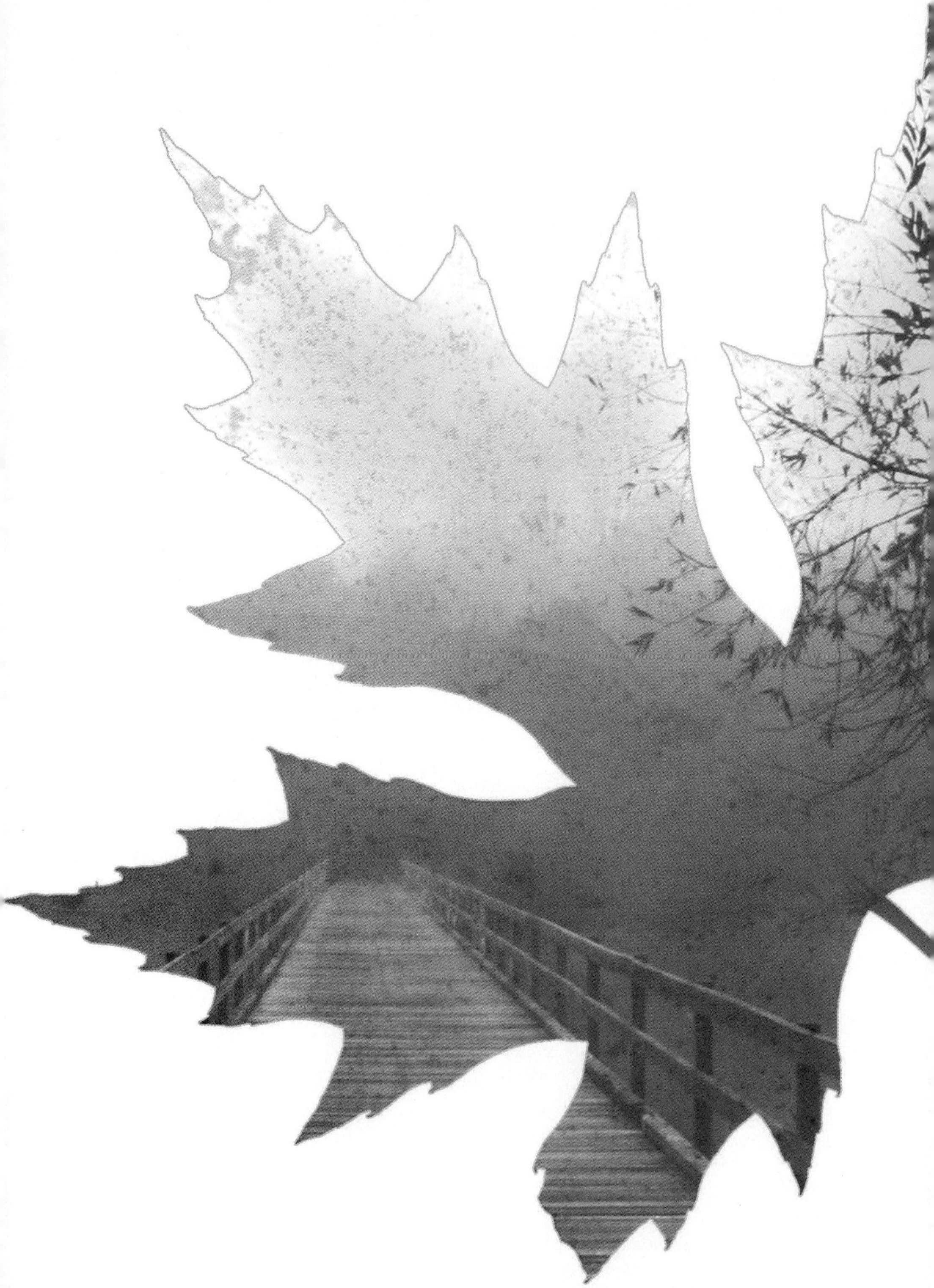

UM MERGULHO CONSCIENCIAL

OLÁ, MEUS AMIGOS!

Não esperem a morte chegar para desenfaixá-los da carne. Comecem, imediatamente, um processo interno de profunda renovação consciencial.

Morrer não significa crescer! Viver é crescer.

A morte apenas faz o espírito mudar de endereço vibracional. A pessoa é a mesma, com suas virtudes e seus defeitos, seja dentro, seja fora do corpo, em qualquer plano.

Não tenham medo de mergulhar em si mesmos e escalpelar a próprio ego. Rasguem a pele do medo nas trilhas do discernimento!

Contudo, não se enganem. Há dor nesse processo. Não é fácil, mas é factível a quem quer crescer munido de plena luz interior.

O mergulho em si mesmo é uma espécie de morte: a morte do ser velho e seu renascimento constante.

Se vocês padecem do medo da dor de crescer e olhar objetivamente a si mesmos, então pensem nas dores que já os acompanham tão frequentemente: violência íntima, agonia, medo, vazio existencial, falta de motivação, falta de espiritualidade e uma terrível treva espiritual envolvendo suas melhores aspirações.

Façam uma medição na balança de seus corações e observem o que dói mais: crescer ou ser súdito da agonia do vazio consciencial? O que dói mais: ser medíocre e desconhecido de si mesmo ou lutar para evoluir e seguir?

O que dá mais trabalho: manter vícios que custam tanto ou lutar para vencê-los?

Quais são seus objetivos vitais: agonia íntima ou crescimento consciencial?

Vocês esperarão a morte chegar sendo súditos da inércia ou aumentarão a motivação de viver e aprender?

Quando esse ser velho e medroso será cremado no fogo do discernimento?

Quando será o funeral de suas dores íntimas?

Quando a fagulha divina, que já mora em seu coração, há de brilhar mais?

Renasçam a cada instante!

Presenteiem sua vida com uma nova luz nos pensamentos e nos sentimentos.

Promovam aquela alquimia íntima (Ser antigo, fora! Ser renovado, agora!).

Quem poderá crescer por vocês?

Quem irá pôr fim à dor de vocês?

Que salvador poderá evoluir por vocês?

Quem poderá digerir essas toneladas de mágoas?

Quem promoverá o apocalipse do ego dentro do calendário da própria alma?

Quem liquidará o asteroide do medo no planeta de seus corações?

Mergulhando em si mesmos, sem medo, sem trevas, vocês encontrarão dores, sim; mas, que renascimento é isento de dor?

Pior já é a dor de sentir-se um estranho no próprio mundo íntimo.

Usem a água da espiritualidade e o remédio da sabedoria para lavar os sofrimentos e curar as feridas internas.

Usem o antiácido da alegria e curem as úlceras emocionais.

Agradeçam as dores do parto de um ser divino dentro de vocês. É a dor de um mestre nascendo!

Há um menino Jesus, um menino *Krishna* e a paz de um *Buda* nascendo no menino-coração de cada um de vocês.

Confraternizem-se mais e sorriam sem medo!

Ninguém morre vítima da morte, que apenas devolve a consciência à sua casa celestial. Mas é possível morrer em vida, de agonia e falta de lucidez. É possível ser um cadáver vivo: basta sentir-se vazio, sem alma, murcho de alegrias e renovações.

Meus amigos, cremem o ego e renasçam das cinzas.

Façam uma fogueira de seus medos. Depois, joguem as cinzas ao vento da vida e gritem bem alto: "Meus medos já eram! Só há luz em meu coração! Sou divino e há um sol interno despontando na aurora de minha vida!"

Não esperem a morte para morrer só de corpo. Aliem-se à vida, para que morram seus dramas e seus egos.

Que estes escritos possam matar suas dores de vazio espiritual e possam enchê-los de vida, de luz e de um grande amor.

Que Deus abençoe seus renascimentos!

Wagner Borges

(Transcrevendo o recado de um dos amparadores extrafísicos, no quadro de aula, diante de 200 pessoas, em palestra no IPPB – Instituto de Pesquisas Projeciológicas e Bioenergéticas, em São Paulo.)

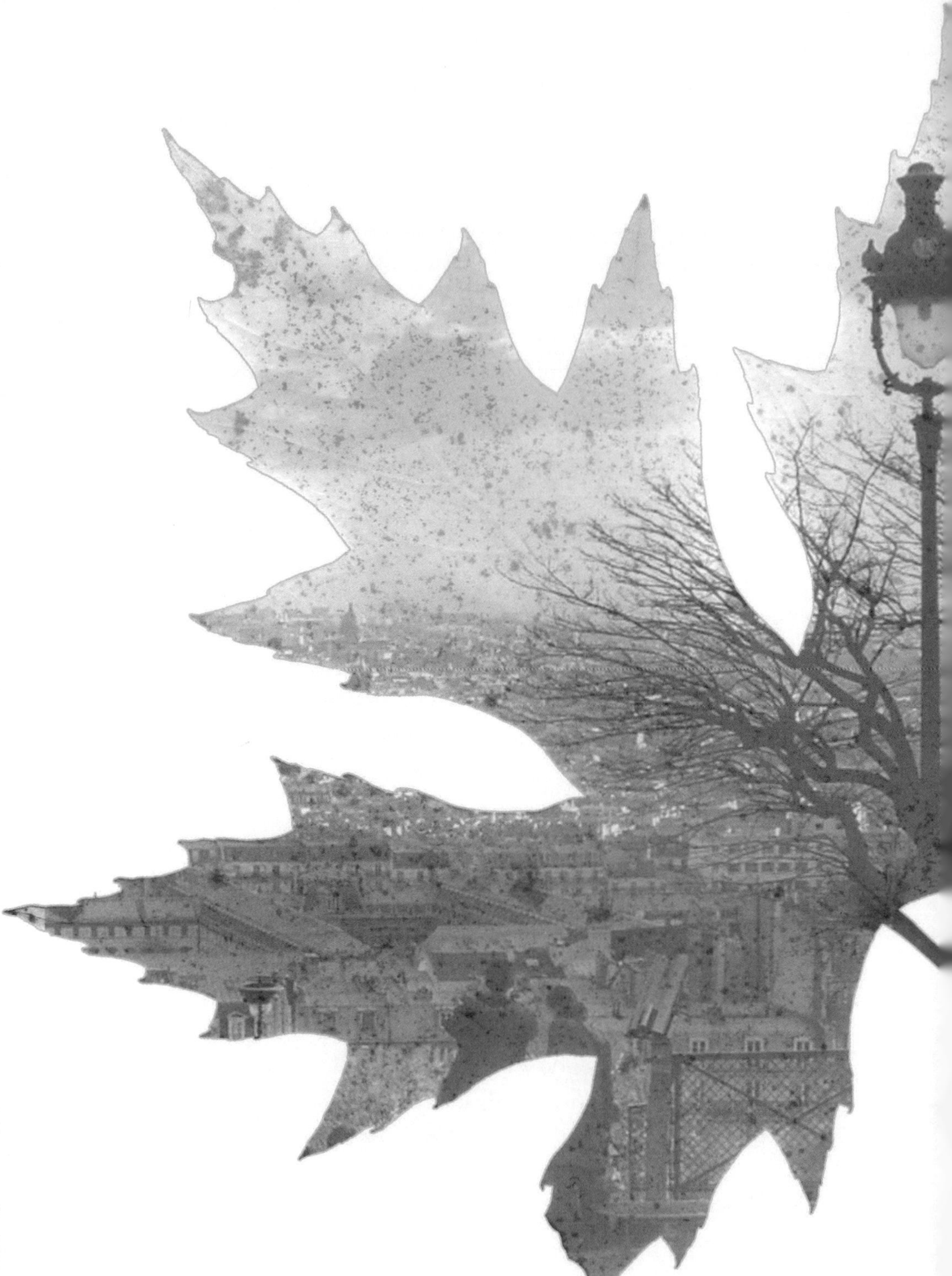

VIAGEM - II

A VIDA O AGASALHA
E a experiência lhe ensina o que é preciso.
Irmão da Terra, você não está sozinho.
As estrelas estão observando-o.
E elas dizem:
"Desperte, viva e sorria... Em paz!"

VIDA ALÉM DA VIDA

PODEMOS COBRIR um cadáver com muitas flores e vesti-lo com uma roupa de boa qualidade, mas ele continuará sendo apenas um cadáver.

O espírito é o brilho da estrela que foi embora. O corpo é o revestimento denso que volta para a terra. Isso é fácil de constatar, pois, quando o espírito atua no corpo, mesmo que este esteja em péssimas condições, há sempre brilho nos olhos.

Em contrapartida, mesmo que o cadáver esteja bem conservado na aparência, não há brilho algum em seus olhos nem em sua carne.

Quando o brilho da estrela segue além, só resta ao corpo a dissolução, nas entranhas da Terra ou nas chamas purificadoras. Isso é lei da natureza: à Terra o que é da Terra; ao Espírito o que é do Espírito.

O cadáver é a casca densa que pertence à Terra, não é EU REAL, pois este alçou voo para outras paragens extrafísicas.

Você que lê estas linhas e sofre pela perda de alguém querido, medite no seguinte: alguém partiu para o plano extrafísico, mas você ficou. Por isso, preste atenção e aproveite as oportunidades de crescimento consciencial, pois, em algum momento à frente, você partirá também.

Não deixe que a partida de alguém mate a sua alegria de viver. Lembre-se: você ficou e, por isso, tem que seguir a vida.

Seu sofrimento não trará a pessoa de volta. Contudo, seu discernimento pode trazer o amor e a alegria de volta à sua vida.

Não há valor de esperança superior à noção da imortalidade espiritual. Ter a consciência esclarecida e saber que todos são imortais é o que dá significado à vida humana.

O motivo de escrever este texto é sentir constantemente a presença viva das pessoas extrafísicas perto de mim. Os seus familiares e amigos estão tristes, mas ELES ESTÃO VIVOS! E são eles mesmos que me pedem para escrever e proclamar a todos que a morte não mata o amor nem a consciência de ninguém.

A morte é só uma mudança de estado de consciência e

de plano de manifestação. Sentindo-os aqui, junto de mim, momentos antes de seguir para uma palestra, ouço um deles dizer:

"Somos sempre e para sempre! Estamos morando na luz extrafísica. Nossos sentimentos estão interligados com os que ficaram na Terra. Despertem para a REALIDADE MAIOR e continuem trabalhando. Alcem voo para além das cinzas da dor e toquem a vida com bom senso. Tenham certeza: vamos nos encontrar lá na frente. Há um AMOR INFINITO esperando por vocês e é nele que moramos agora."

Aos leitores, uma última dica: leiam alguns livros sobre vida após a morte e espiritualidade e ouçam músicas maravilhosas. A leitura sadia e a música de bom nível elevam a consciência ao infinito e mostram que o sofrimento pela perda de alguém pode parecer muito grande, mas é, na verdade, bem pequeno se comparado à luz da imortalidade da alma, ao brilho das estrelas e à grandeza do AMOR DIVINO que permeia todos os seres.

WAGNER BORGES

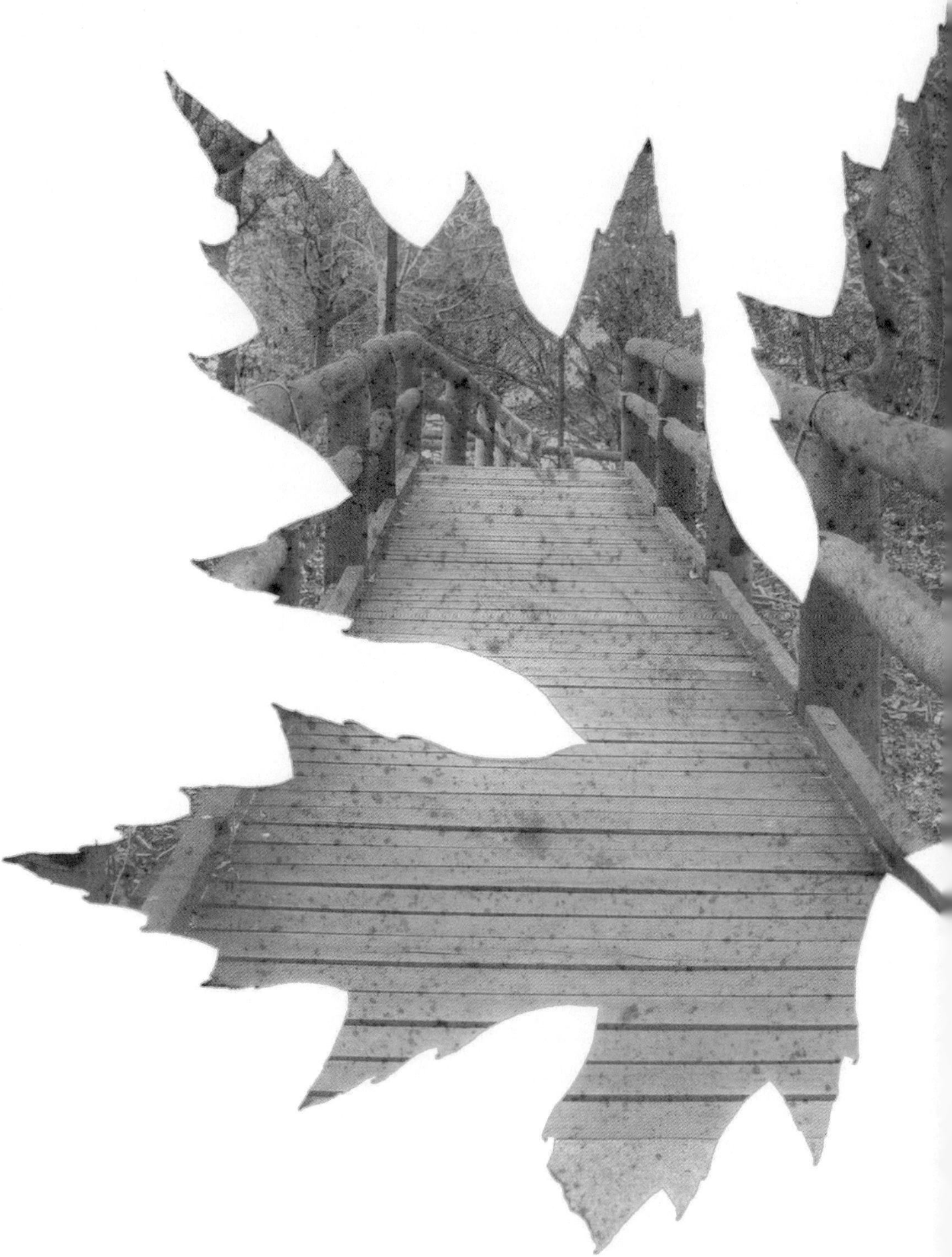

MINHA HISTÓRIA

(Esse é um depoimento de um rapaz extrafísico que passou pelo problema das drogas. Não alterei sua maneira de expressão, pois isso alteraria o impacto do seu jeito de ser. Por isso, alerto aos leitores mais puristas que mantive as expressões populares que ele usou. Talvez, se estivesse preso a algum esquema doutrinário, eu corrigisse algumas de suas palavras. Entretanto, meu compromisso é com a Espiritualidade, não com pessoas, grupos ou instituições humanas. O depoimento está do jeito que ele passou – nem mais, nem menos.)

***

"MINHA HISTÓRIA é igual à de qualquer outro nos dias de hoje.

Fui um rapaz audaz, esperto, cheio de planos e desejos, mas fui engolfado pela maré das drogas. Bati de frente no asfalto da vida e me quebrei bem feio. Não estraguei só a minha vida, mas a dos meus pais e amigos também.

Ralei pra cacete por causa das drogas. Quem está de fora não sabe a merda que é virar trapo por dentro. Se o viciado não usa droga, um misterioso vácuo de angústia aparece e deixa o cara bem louco. Nessa hora, ele é capaz de fazer qualquer coisa para adquirir a maldita! É capaz até de bater nas pessoas que ama. Torna-se um foco de dor para aqueles que o amam. É como se um redemoinho interno sorvesse qualquer possibilidade de ponderação de sua parte.

Cara, vocês não têm ideia do que é o inferno das drogas. Não sabem nada da dor que consome a intimidade do viciado. Vocês tentam curar as pessoas com teorias estúpidas de como viver. Mas não veem o óbvio, bem na cara de vocês: dói pra cacete ser viciado!

Quando me lembro de minha mãe chorando no dia da minha morte, sei bem da cagada que fiz. Como eu queria ter sido diferente.

Porra! Eu vim ao mundo para vencer e ser feliz. Como é que eu entrei nessa?

Que mundo é esse movido a pó branco? Que vida é essa que faz as pessoas quebrarem a cara?

Mesmo depois da morte, tenho que continuar batalhando contra essa maldita! Continuo desejando-a, talvez até mais do que quando estava na Terra. Se não fosse a ajuda que tenho tido dos médicos luminosos, já teria enlouquecido. São eles que me ajudam a segurar a barra. Esse pessoal é legal!

Estou tentando vencer essa parada e irei conseguir. Não sei o que vocês acham, mas essa vida é louca e quem usa drogas é mais louco ainda.

Quando me lembro das crianças passando fome no mundo e penso no dinheirão que gastei fazendo merda, fico ferrado da vida! Se eu fosse esperto, como pensava que era, teria vencido o jogo.

Sabe por que é que me mandaram escrever isso aqui?

É porque viciado só escuta viciado. Só dá atenção mesmo pra quem passa pelo mesmo drama e entende o que é. Quem passou pelo fogo carrega as queimaduras pra mostrar. Sabe da ardência e, por isso, pode falar.

Se a minha história puder ajudar alguém, mande isso para os outros. Vou me recuperar e torço para quem está nesse rolo se safar enquanto é tempo.

Morrer não mata ninguém, mas expõe as dores diante da própria pessoa. Joga pra fora nossas angústias e mostra que não havia barato nenhum, só merda.

A morte não livra ninguém de si mesmo. Quem está bem fica bem. Que está mal se ferra!

Tomara que a galera leia isso e saiba que o redemoinho é fatal. Tomara que eles se virem logo, antes de se quebrarem nos asfaltos da vida.

Não tenho soluções pra resolver essa coisa. Sou só um viciado tentando a recuperação além da morte. O que posso dizer é que a droga dá muita porrada dentro da nossa mente. Ela machuca muito e afasta as pessoas do que elas têm de fazer na vida. Ela transforma os caras em babacas que pensam que são espertos.

Cara, você tá tonto, hein?[12] Já acabei de dizer o que quero.

---

12 Em comunicações psíquicas desse nível, em que as energias do espírito em questão são bem densas, devido à sua condição temporária de doente extrafísico em tratamento, o chacra coronário do médium pode ser afetado energeticamente. E isso, às vezes, causa-lhe sensações de tontura temporária. Nesse caso, devido à sua agitação, o espírito sequer gostava da música tranquila que eu estava ouvindo no momento.

O pessoal que me trouxe aqui manda dizer pra você tomar um banho e ficar quietinho em casa descansando.

Eles são muito legais e gostam muito de você. Eu também gostei de você, porque você se expõe e tenta ajudar os outros, mas não gostei da música que tá rolando aqui.

Vou nessa, cheio de esperança."

VAN
(Recebido espiritualmente por Wagner Borges)

burning_

SOLDADOS

ERA UMA GUERRA.

Seus corpos haviam tombado, ensanguentados, na lama. Mas eles brilhavam além dali.

Seus corpos foram danificados por tiros e granadas. Mas eles ascenderam espiritualmente em corpos de luz, sem dramas. Estavam soltos, flutuando na luz, sem guerra.

Entretanto, logo abaixo deles, presos àquela atmosfera densa e misturados ao cheiro acre de carne morta e do sangue com lama, ficaram muitos soldados sem fé, aferrados à batalha que já não era deles.

Não ascenderam, pois o ódio não deixou. Em suas mentes distorcidas, o inimigo precisava pagar! Recusaram o convite da luz e perseveraram no ódio. Não estavam mais na guerra, mas ela estava neles.

Presos às suas ilusões, demoraram a perceber a verdade. Retardaram, por conta própria, a luz benfeitora que iria curá--los além…

Muitos deles estacionaram no umbral espiritual. Outros, finalmente aceitaram os fatos e ascenderam aos planos extrafísicos. Alguns permaneceram agarrados aos desafetos encarnados e aos ambientes densos da Terra. Contudo, pela contínua ação dos bondosos amparadores espirituais, foram conduzidos para estações extrafísicas e tratados pacientemente.

No devido tempo, reencarnaram novamente. Estão na Terra mais uma vez, abençoados pela oportunidade da renovação consciencial em outro meio. Todavia, ainda hoje, muitos deles estão com suas emoções presas nas trincheiras e nos corpos retalhados do passado belicoso. Inconscientemente, guardam as balas e os estilhaços das granadas em suas mentes.

Eles continuam em guerra, mas não sabem disso. Não conseguem descansar, algo os tensiona por dentro. Muitas dessas reminiscências inconscientes surgem como doenças psicossomáticas, acicatando-lhes a existência e roubando-lhes a paz íntima.

O passado já foi, a guerra acabou e eles estão em outra vida. Mas eles não sabem e, dentro deles, as armas continuam disparando incessantemente.

Sua cura é bem simples: basta desligar-se do passado e seguir o fluxo da vida no presente. Eles poderiam mergulhar dentro de si mesmos e, com humildade, perdoar, silenciosamente, seus agressores do passado. Bastaria dizer, internamente, com toda honestidade: "Eu os perdoo pela agressão ao meu corpo de ontem. Também peço perdão pelas agressões que eu possa ter feito contra vocês ou seus colegas. A guerra ficou lá atrás. Vamos viver e aprender a arte da paz".

A cura dos soldados é simples e só depende de uma conversa interna. Talvez, até mesmo nos planos extrafísicos, os antigos adversários percebam que a guerra já passou, mas a vida continua...

A batalha real é contra o egoísmo e a falta de lucidez.

Que os soldados esqueçam os antigos inimigos e caminhem resolutamente para a frente... EM PAZ!

O perdão cura agressores e agredidos. Liberta a consciência dos grilhões do passado e faz o coração transbordar de luz.

Muitos soldados ainda estão sofrendo nos umbrais extrafísicos[13]. E muitos outros estão encarnados, sofrendo repercussões, inconscientemente.

Por intermédio desses escritos, os amparadores convidam os encarnados e os desencarnados, de todos os lugares, para a conversa interior da cura e da paz.

Nada de tiros e bombas, só a luz do Amor curando e abrindo espaço para outras possibilidades de crescimento. O passado foi tragado pelo tempo. No entanto, a consciência está no presente e tem que viver o agora e aprender o que for preciso.

Não há exército inimigo para ser destruído! Só há a GRANDE LUZ chamando os homens para os caminhos da paz.

Tudo começa com a conversa interior, em que o antigo soldado despe-se da belicosidade e torna-se apenas um ser humano tentando viver e paz.

Aos soldados, da Terra e do Além, Paz e Luz!

OS INICIADOS
(Recebido espiritualmente por Wagner Borges)

---

[13] Umbrais extrafísicos: distritos extrafísicos densos; níveis atrasados do plano astral; plano astral inferior.

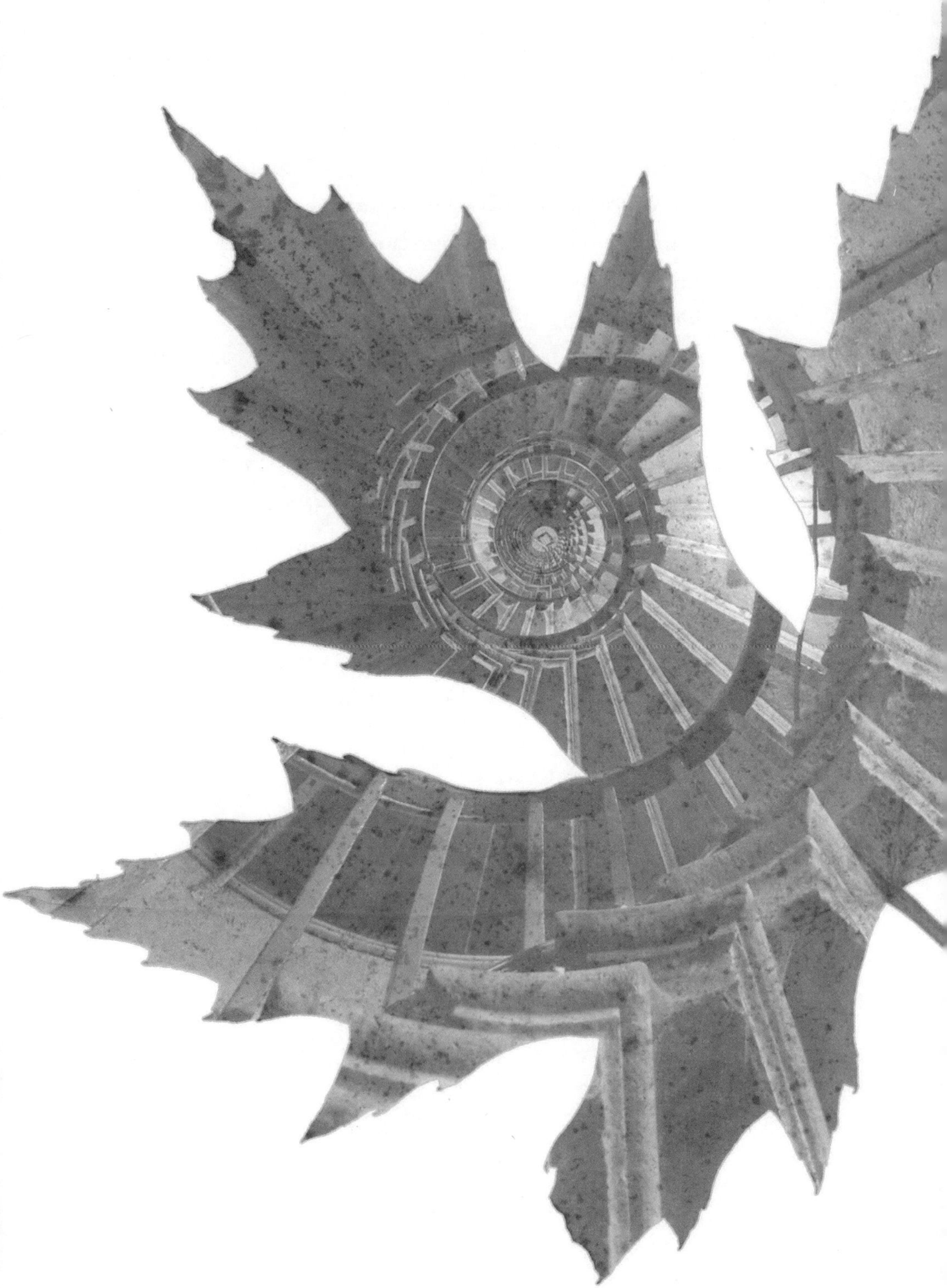

BRIGADAS

HOUVE UM TEMPO em que caminhei por estradas vermelhas.

Pretendi exaltar sonhos excessivos em minhas ações.

Para mim, cheio de devoção pela explosão, tudo era aventura.

Não imaginava que estava na direção do abismo.

Meu grupo jogava sujo, mas parecíamos heróis modernos.

Em nome de ideais políticos, semeamos morte e confusão.

Era a década de 1970 e tudo pegava fogo mesmo.

Entramos no jogo da violência e queimamo-nos terrivelmente.

Tingimos de sangue os nossos sonhos de outrora.

Não notávamos, mas havíamos nos transformado no que mais detestávamos no sistema. Nossa violência nos tornara autoritários e cegos para a liberdade.

Éramos joguetes de forças obscuras em nossos corações.

Transformamo-nos em marionetes da violência, crianças-monstro devoradas pelos seus sonhos cegos.

Nós erramos muito e o caso do *Aldo Moro* foi só o nosso erro mais ostensivo.

Ninguém queria aquilo, mas fizemos cegamente.

Hoje, com a distância do olho da História, posso ver perfeitamente que nosso caminho estava minado. Pagamos um alto preço e perdemos muitas pessoas queridas nessa missão inflamada de discórdia.

Naquele momento, tudo parecia aventura e heroísmo.

Mas, assim como nossos adversários, não passávamos de escravos da violência e parceiros de cegueira.

As ruas ficaram manchadas de sangue e tornamo-nos arautos de mais agitação.

Crianças perderam pais e nós perdemos nossa inocência!

Toda uma geração derrapou na brigadas, mais vermelhas do que nunca, tingidas de sangue e dor. Queríamos mudar a estrutura do negócio, mas só perdemos sonhos e amigos queridos.

Houve muita dor e traição nessa estrada vermelha.

Eu me lembro nitidamente: irmão matou irmão!

Eu participei do jogo escuro desses dias e meu coração perdeu-se em meio a tanta confusão. Repeti velhos erros e entrei na rota da destruição.

Manchei de sangue os meus sonhos de esperança e desgracei minha vida e a de muitos outros.

Nunca fomos heróis, éramos arautos da agonia, iludidos por forças obscuras que denegriram nossos objetivos.

Nós e nossos adversários não éramos grande coisa.

Agora, emergindo do vácuo da dor, só vejo sonhos partidos.

Era uma guerra e entramos com tudo!

Além dos sonhos, também perdemos a vida e a nossa inocência.

É hora de recolher os cacos do que restou e reaprender os passos, pois, mais uma vez, o brilho da esperança surgiu em nossos corações.

Ganhamos uma dádiva: podemos sonhar novamente!

Podemos resgatar os laços que se partiram.

Seremos crianças trabalhando pelos objetivos da paz.

Seremos arautos de vida, pois podemos sonhar novamente.

Viveremos no mundo mais uma vez, sem estradas vermelhas, sem sangue no caminho, sem perder os sonhos. Aquele tempo se foi e fomos curados da loucura.

Seremos crianças em uma nova era, e nossos sonhos florescerão.

Hoje, vejo claramente: não tínhamos inimigos, apenas perdemos nossos sonhos e nos corrompemos.

Nós e eles éramos irmãos no meio de uma grande confusão.

No fim, a aventura ficou violenta e perdemos tudo.

Agora, resgatado daquela nuvem confusa, só vejo uma nova brigada formando-se no horizonte: A BRIGADA DA PAZ!

Por ela, serei criança novamente, na construção de um novo mundo.

Repararei os erros de antes, pois sonhos mais brilhantes guiarão meus passos para outros rumos...

Isto era tudo o que eu queria: esquecer as estradas vermelhas e voltar a sonhar de verdade.

Agora eu sei: ninguém é meu inimigo!

E o mundo não precisa do vermelho de minha violência antiga.

O mundo precisa das brigadas da paz, ensinando as crianças a plantar flores.

Os governantes medíocres serão pressionados pelo sorriso das crianças.

Elas mudarão o mundo!

Fui resgatado do vácuo da dor e voltei a sonhar.

Não pretendo ser herói dessa vez, apenas uma criança tentando abrir caminhos de luz na vida. Retornarei com meus amigos em uma nova frente, sem armas, só com sonhos de paz.

Isso era tudo o que eu queria: sonhar novamente!

Muito obrigado aos meus amigos luminosos que nos devolveram a capacidade de sonhar e de nos redimirmos no mundo.

ANÔNIMO
(Recebido espiritualmente por Wagner Borges)

P.S.:
Esses escritos são o depoimento de um espírito desencarnado que viveu e morreu pelas Brigadas Vermelhas[14]. Eu, Wagner Borges, apenas escrevi os seus pensamentos. Particularmente, sou apartidário e, para mim, a liberdade de expressão é um dom sagrado. Além do mais, sequer conheço bem essa história das brigadas na Itália, época em que eu era adolescente.

MOVIMENTOS DA ALMA – I

Alguém partiu ainda há pouco.
Alguém chegou ainda agora.
Vida e morte, morte e vida.
Esse é o movimento da evolução.
Participamos do jogo de viver,
Morrer e viver... Sempre!
O nome desse jogo vital é MOVIMENTO.

---

14 Brigadas Vermelhas – grupo terrorista que agitou a Itália na segunda metade dos anos de 1970. Seu ato mais ousado e recriminado foi o sequestro e assassinato do *premier* Aldo Moro.

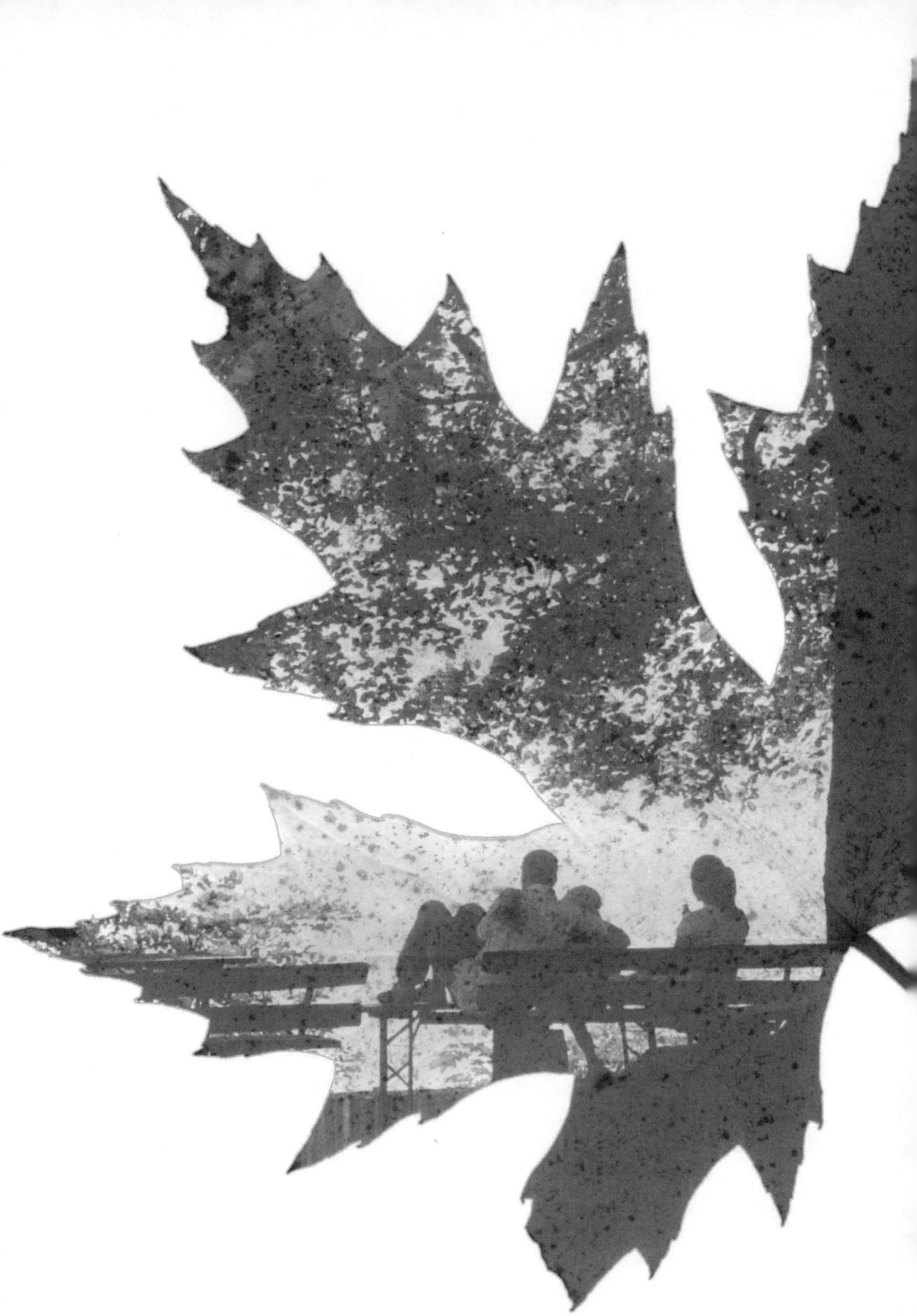

ANAM CARA[15]

SENTADO AO LADO DE SUA CAMA, eu vi meu amigo partir do plano físico de volta para casa.

Seu corpo espiritual desprendeu-se suavemente, imerso em uma massa de luz lilás.

Olhando aquela passagem interplanos, lembrei-me de tantos momentos inesquecíveis junto dele. Quantas risadas, cara. Quantas brincadeiras bolamos juntos.

Mas o câncer surgiu, e o seu sorriso silenciou. Seu corpo definhou ao longo de meses.

Fico imaginando a dor que sentiu nesse tempo. Por vezes, peguei-o gemendo baixinho. Eu sabia que ele não queria alarmar ninguém. Mas sua dor era bem visível.

Sabe, sentirei saudades. Entretanto, continuarei rindo com os nossos amigos comuns. Sei que ele ficaria chateado se nós ficássemos fazendo drama só porque ele não está mais aqui. Inventaremos novas piadas e brincadeiras e lembraremos dele rindo muito.

15 *Anam Cara*: na língua celta, "Anam" é a palavra gaélica para "alma"; "Cara" é a palavra para "amigo". Assim, *Anam Cara* significa "amigo da alma".

Será que ele está vendo essa lágrima teimosa caindo aqui no cantinho do olho?

Não é de dor nem de desespero. É uma gotinha de amor, filha de nossa amizade.

Fico quietinho, ao lado de seu corpo abandonado, e ergo a consciência ao Amor Supremo, PAI-MÃE de todos.

Peço aos amparadores extrafísicos que guiem meu amigo na jornada além da carne. Se possível, que lhe contem uma piada durante o trânsito interplanos. Sei que ele gostará disso.

Se a sua família não se importasse, eu colocaria um som para rolar aqui no ambiente. Escolheria aquele disco do *Pink Floyd* de que ele gosta tanto. Seria a trilha sonora de sua passagem.

Meu amigo foi morar "do outro lado da vida", foi levar seu bom humor para o plano extrafísico. Tenho certeza de que ele fará os espíritos soltarem muitas risadas gostosas.

WAGNER BORGES

MOVIMENTOS DA ALMA – II

Se você perdeu alguém querido, pense:
Vida é movimento, movimento é energia.
A energia anima tudo, em qualquer lugar.
Perceba: aquele que dá a vida não pode tirá-la.
Somente transfere a consciência para outros planos,
Além dessa vida; outro endereço evolutivo.
Ou, como ensinava o sábio *Pitágoras*:
"Viver e brilhar em outras esferas de consciência..."

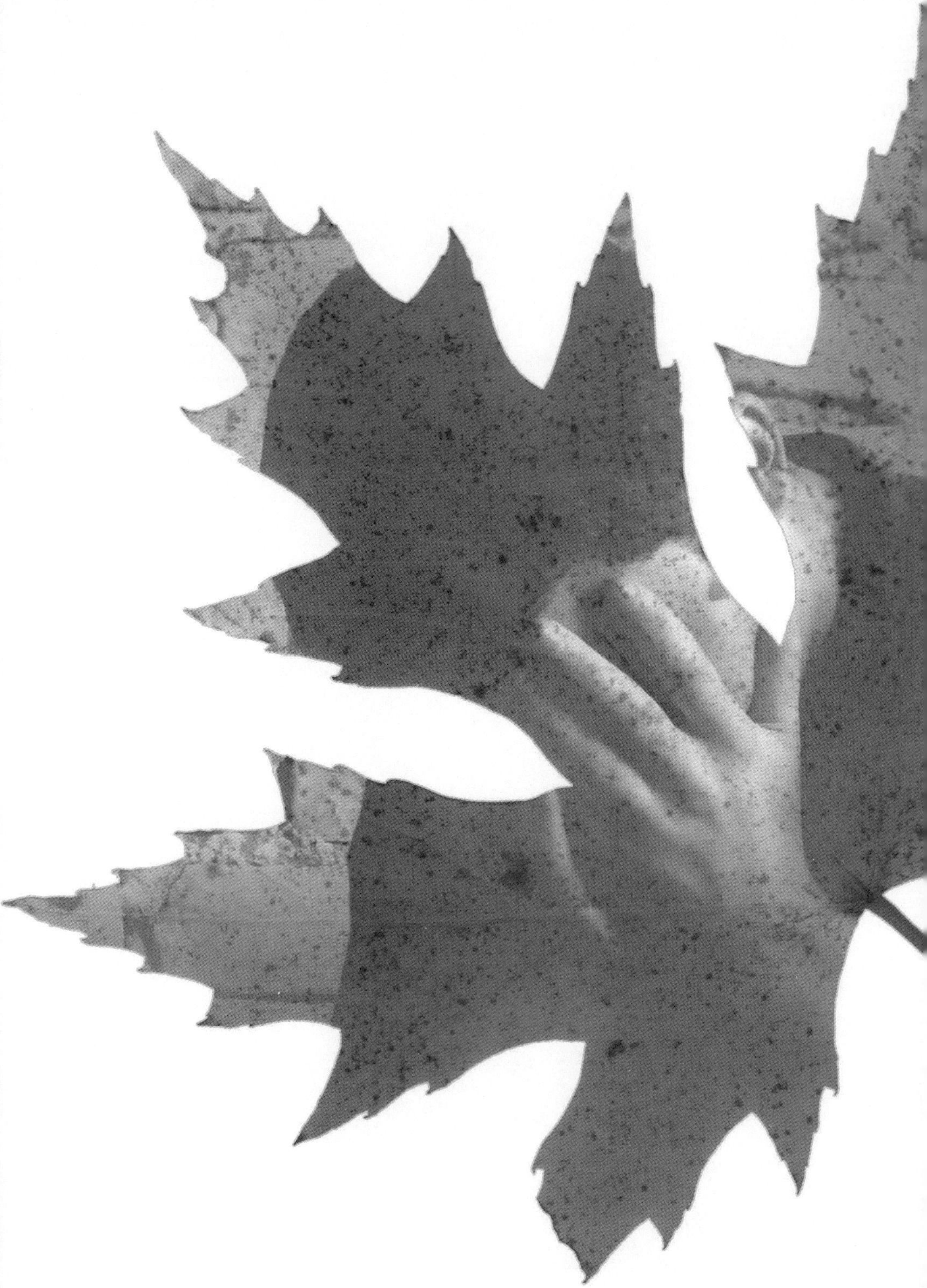

DESCASCANDO A DOR DE UMA PERDA

(Carta para um bom amigo)
OLÁ, RAPAZ! TUDO BOM COM VOCÊ?

Soube hoje que seu pai foi embora, descascou do corpo denso e foi dançar com Brahman nas pistas da espiritualidade.

Não tenho muito a dizer. Você já sabe o que penso a respeito, pois me conhece há muitos anos.

Ninguém morre mesmo, mas você também já sabe disso e não precisa que alguém lhe diga sobre a certeza que viaja em seu coração. Contudo, nessas horas de despedidas temporárias, sobram emoções e diversas sensações surgem, não se sabe de que cantinho oculto no subconsciente, para atormentar o discernimento. Fora a pressão familiar e a avalanche emocional que se forma na atmosfera psíquica em torno dos entes queridos e daquele que está partindo.

Em lugar do silêncio respeitoso por quem está indo ao encontro da outra etapa da vida, violentas ondas emocionais arrojando-se contra os corações (que deveriam confiar mais no amor), destituindo-os daqueles sentimentos elevados que poderiam ajudá-los a conviver com a perda.

Sabe?... O que cada um sente dentro de si mesmo afeta os outros, por repercussão psíquica. Estamos mais ligados do que pensamos. Vivemos na mesma atmosfera do mundo. Para conectar as vibrações, é só sintonizar-se psiquicamente com o que os outros também estão sentindo no mesmo momento. É a velha lei da sintonia: semelhante atrai semelhante.

Ondas de dor procuram ondas de dor; ondas de amor procuram ondas de amor.

Na hora de uma perda significativa, é mais do que natural que apareçam emoções variadas no palco da consciência. No entanto, meu amigo, também aparecem intuições profundas vindas dos amparadores extrafísicos. Em meio à dor da perda, há ondas de amor viajando também. Elas são invisíveis, devido à sua sutileza natural, mas são bem reais. Todavia, só podem ser percebidas no silêncio do coração espiritual.

Esse, por sua vez, só está apto a tal percepção quando desaparece a turbulência e, em seu lugar, instala-se aquela percepção abrangente, que comunica, no interior da alma, que ninguém morreu e que toda sensação de perda é ilusória, quando comparada com a imensidão da vida em todos os planos.

Lembro-me de que uma vez você me perguntou: "Por que tem que ser assim?"

A minha resposta ainda é a mesma: "Sei lá, só sei que é! Se é bom ou ruim, depende. Mas ninguém morre e só por aí já vejo um imenso lucro na economia da natureza. Quando penso nisso, me dá uma alegria danada. Saber que sou imortal e que todos também o são me faz pensar em um monte de outras coisas interessantes, inclusive que saber o porquê de ter de ser assim não altera que isso seja assim, e pronto. Faz parte do jogo de viver, morrer e viver..."

No momento, não tenho nada para dizer-lhe sobre a passagem do seu pai. Só sei de uma coisa: ele está vivo! E você também sabe. E o universo inteiro sabe. Os amparadores espirituais (que você tanto admira, mas de quem frequentemente se esquece nas horas difíceis) sabem. E Deus sabe.

Só quem não sabe são as pessoas que estão chorando à beira do túmulo, com o coração enlutado (o luto aí é só uma cor significando uma perda ou é um estado de consciência obscuro que bloqueia a luz do próprio coração?).

Você é bem inteligente e sabe o motivo que me levou a escrever para você.

Tudo o que estou lhe dizendo você sabe muito bem. E sabe da amizade e da admiração que tenho por você. Entretanto, levando em conta a pressão familiar que você está passando no momento e que muitos de seus conhecidos devem estar repetindo, de forma automática e sem sentimentos profundos, o indefectível "meus pêsames" (e se você aceitar tantos pêsames, ficará bem pesadão mesmo), lembrei-me de tantos papos sobre imortalidade, que tivemos em muitas noites aí no Rio de Janeiro, além de nossa mútua admiração pela imensidão sideral coalhada de estrelas.

Você se lembra daquela expressão que um espírito me passou: "As estrelinhas, os olhinhos de Deus piscando no espaço e avisando que, na casa do Pai, há muitas moradas"?

Compreendo bem o sofrimento por que seus familiares estão passando no momento, mas fico pensando se você, com tantas informações e certezas íntimas, está firme no timão de seu discernimento ou está deixando as ondas de dor balançarem demais a embarcação de sua paz, levando-o perigosamente na direção dos rochedos enlutados com a ilusão da perda.

Não consigo imaginar meu amigo de tantas coisas espiritualistas, compartilhadas ao longo dos anos, com os olhos vermelhos de tanto chorar pela morte de um pai que não morreu. Ou pensar em você soturno e vestindo roupa preta, em lugar do habitual sorriso farto e das atitudes generosas para com todos.

Faça-me um grande favor: não venha com o papo de que está triste porque seu pai morreu e que é natural que expresse emoções como todo mundo. Isso é papo para quem não tem nem 10% da certeza da imortalidade que eu sei que você tem dentro do coração. Isso vindo de alguém com o seu nível de consciência das coisas parece ridículo e inverossímil. E o mais importante disso tudo: Você sabe que seu pai não morreu!

Com o conhecimento espiritual que você tem, por que é que você não o está ajudando nesse instante de travessia interplanos? Toda a espiritualidade que você sempre demonstrou era só aparência? Na hora da prática, você está sendo um fiasco espiritualista?

Você tem potencial para ajudar a ele e a toda a família nesse momento, pois é o único da casa que tem conhecimento e gabarito suficiente para segurar as pontas e estabilizar a situação. Entretanto, se você posar de bebê chorão e ficar de luto com eles, quem é que vai fazer alguma coisa?

Outra coisa: se o seu pai o estiver vendo agora, reconhecerá o próprio filho, normalmente cheio de alto astral, mas agora vergado e vestido de preto só porque alguém foi morar "do lado de lá"?

Tomara que ele dê uma risada daquelas quando vir o seu ridículo.

Se suas lágrimas fossem de amor e admiração pelo pai, seriam lágrimas de luz. E se, no meio delas, você estivesse pensando: "Meu velho descascou, caiu fora da carcaça. Essas lágrimas são de admiração por quem me ensinou tanto, são lágrimas espirituais de quem sabe que ele está vivo, são lágrimas de um grande amor, não são de dor nem de egoísmo. São a expressão serena de um filho que acabou de ver o pai partir para o plano extrafísico e está quietinho aqui, vibrando o melhor para ele, no silêncio do coração, que canta e encanta sob a luz da espiritualidade que guia o discernimento e faz surgir aquela paz profunda".

Calculo que, se alguém que não me conhece ler esses escritos, dirá, com certeza: "Esse cara está sendo duro demais com você. Não deve ter sentimentos nem está respeitando a sua dor nesta hora".

Pois é, imagine eu, espiritualista por estado de consciência, não por crença, dizendo para você, também espiritualista de consciência: "Cara, meus pêsames. Também estou de luto. Por que tem de ser assim? Agora ele vai para debaixo da terra e tudo acabou. Por que é que Deus leva embora as pessoas que nós amamos? Vou sentar aqui do seu lado e chorar junto essa perda irreparável. Depois, vou encher a cara para esquecer. Mano, tudo isso é terrível e não vejo lógica nas coisas. Se nasceu, por que morrer? Está certo que ele fumava de montão, mas morrer de câncer só por isso? Não tem lógica, não. Com tanta gente por aí e foi morrer logo o seu velho, que era tão legal? Acho que Deus é injusto e isso está errado. Cara, estou deprimido e não vejo mais brilho na vida. Eu o entendo e ficarei de luto com você, pois os amigos são para essas coisas, não é mesmo? E, por favor, peça a alguém para fechar aquelas cortinas. Está Sol lá fora e esse brilho me incomoda e me faz lembrar que, lá na rua, está cheio de gente andando e bem viva, enquanto seu velho está aqui mortão. Meus pêsames!"

Como seu amigo de muitos anos, o que devo fazer?

Ficar deprimido junto com você por alguém que nem morreu, só saiu do corpo e foi morar no "andar de cima"? Ou, talvez, escrever algo para despertá-lo da inércia e colocar esse potencial espiritual lindo em ação, para ajudar os seus familiares nessa hora?

Você sabe que estarei vibrando espiritualmente por seu pai e por sua família. Sabe que, se eu estivesse aí no Rio de Janeiro, iria lhe dar um forte abraço em silêncio. Mas também sabe que tudo o que estou escrevendo aqui seria comunicado nesse abraço silencioso. Como não estou aí para abraçá-lo, vai por escrito mesmo.

Você tem muita sorte. Quantas pessoas perderam o pai quando eram bem pequenas? Cresceram sem a companhia e o apoio paternal. Você teve a sorte de conviver com seu pai por muitos anos. Aliás, você mesmo é pai.

Perder alguém que já tem certa idade é previsível, muito embora ninguém goste de pensar nisso. Pior é alguém que perde uma criança, quando não houve tempo maior de convivência. E sei de pessoas que perderam filhos pequenos e não tinham metade do conhecimento espiritual que você tem e, no entanto, superaram a crise e estão cheias de vida e dispostas a tocar o barco sem mágoas ou revoltas contra a existência.

Você sabe bem o que penso a respeito disso tudo. Entendo o impacto emocional que uma perda dessas causa em alguém e sei que é difícil olhar isso com olhos além do imediatismo dos sentidos e das emoções. Contudo, o que não entendo é como as pessoas não reagem a isso e voltam à vida, com dignidade e vontade de viver.

Não consigo entender como é que a passagem de alguém

querido pode bloquear a luz infinita do coração. E como não percebem a pobreza que se instala em suas almas e lhes rouba a dignidade de ser feliz.

Quer ver um exemplo disso (que sempre uso em palestras sobre o tema)?

Um casal tinha três filhos pequenos e, em um acidente de carro, um dos filhos desencarnou. Naturalmente, o casal ficou abaladíssimo. A partir disso, ficaram muito machucados e viviam deprimidos. Não voltaram a viver e ainda ficavam irritados quando alguém lhes sugeria alguma atividade alegre. Parecia que a alegria alheia os incomodava profundamente. Passou-se um ano. Eles costumavam dizer: "Não há mais motivo para viver. Nada mais faz sentido para nós. Não gostamos de mais nada".

Então, um dia, os dois filhos que sobreviveram perguntaram: "Se nada mais lhes dá motivo de viver e vocês vivem dizendo que não gostam de mais nada, o que será de nós que ficamos vivos e precisamos de vocês? Por causa da morte de nosso irmão, nós, que ficamos vivos, pagaremos o preço de não vermos mais os nossos pais sorrirem como antigamente? A morte só levou a ele, mas nós ficamos. Será que a morte de um prejudicará a nós dois que ficamos? É justo prejudicar alguém vivo só porque outro alguém foi embora? É justo dois irmãos vivos serem prejudicados pela morte de outro irmão? E que amor é esse que só fala do morto e se esquece dos vivos que estão ao seu lado? Ele se foi e nós ficamos. Não temos culpa alguma disso e exigimos vocês dois de volta à vida, pois nós precisamos de ambos aqui e agora".

Por sorte, esse casal despertou de sua inércia emocional e resolveu tocar a vida para educar os dois que ficaram. Voltaram a viver.

Não questiono o sentimento de perda nem a dor que isso causa, pois são reações emocionais inerentes à condição de ser humano. Só não entendo por que as pessoas não reagem a isso e por que ficam tão irritadas quando alguém fala disso.

Quem já não perdeu alguém querido ao longo da existência? Assim como você agora, eu também já perdi pessoas queridas antes. Portanto, posso falar disso com prática - e acho que todo mundo também. No entanto, não perdi a espiritualidade pela perda de alguém. Compreendi o processo, aceitei e toquei o barco da vida em frente.

Por isso, como amigo, envio-lhe esta carta não para consolá-lo, pois você tem nível e não precisa disso, mas para relembrá-lo do recado daquele espírito nosso amigo: "Olhe lá as estrelinhas, os olhinhos de Deus piscando no espaço. Elas são nossas irmãs. Lá de cima, elas olham o desenrolar da vida da triste humanidade que se arrasta na crosta da Terra. Elas velam em silêncio. Elas avisam do porvir imperecível. O homem veio delas e irá para elas após o término do seu ciclo carnal, pois, dentro de cada Ser, arde o fogo das estrelas e a morte não pode apagá-lo. O que Deus acendeu quem poderá apagar?"

O corpo cai e a estrela que o habitava parte de volta para casa. Irá juntar-se às outras estrelas do firmamento, suas irmãzinhas de brilho. Será novamente um dos olhinhos de Deus, piscando no espaço e alertando, em silêncio, que ninguém morre e todos são viajantes estelares no seio da eternidade.

Há alguns amparadores extrafísicos aqui em volta vendo-me escrever para você. Fico pensando se o fato de eu lhe escrever isso tudo não tem um propósito maior, que transcende o fato em si mesmo. Talvez esses escritos não sejam apenas para você, mas para muitos outros cheios de potencial e espiritualidade teórica. Há outros filhos e pais por aí, não é mesmo? E quem sabe o momento de cada um?

Se eu tiver a intuição de passar esses escritos para outros, fique certo de que passarei.

Esse pessoal que está aqui faz parte da equipe extrafísica dos "Iniciados", aquele grupo de espíritos hindus que trabalham com o *Ramatís*[16] (que você tanto admira). Pelo jeito, tem trabalho espiritual daqui a pouco.

Fique tranquilo. Se eu vir seu velho extrafisicamente, não direi a ele que você baixou o nível só porque ele descascou. Aliás, se ele não estiver vendo, duvido que acredite. Pensará que é alguma brincadeira minha.

Fico por aqui. Chega de escrever, pois, "quando o coração fala ao coração, não há mais nada a dizer."

Um abraço do seu amigo carioca que virou paulista por adoção!

WAGNER BORGES

---

16 Ramatís: sábio mentor espiritual que opera invisivelmente no Astral do Brasil.

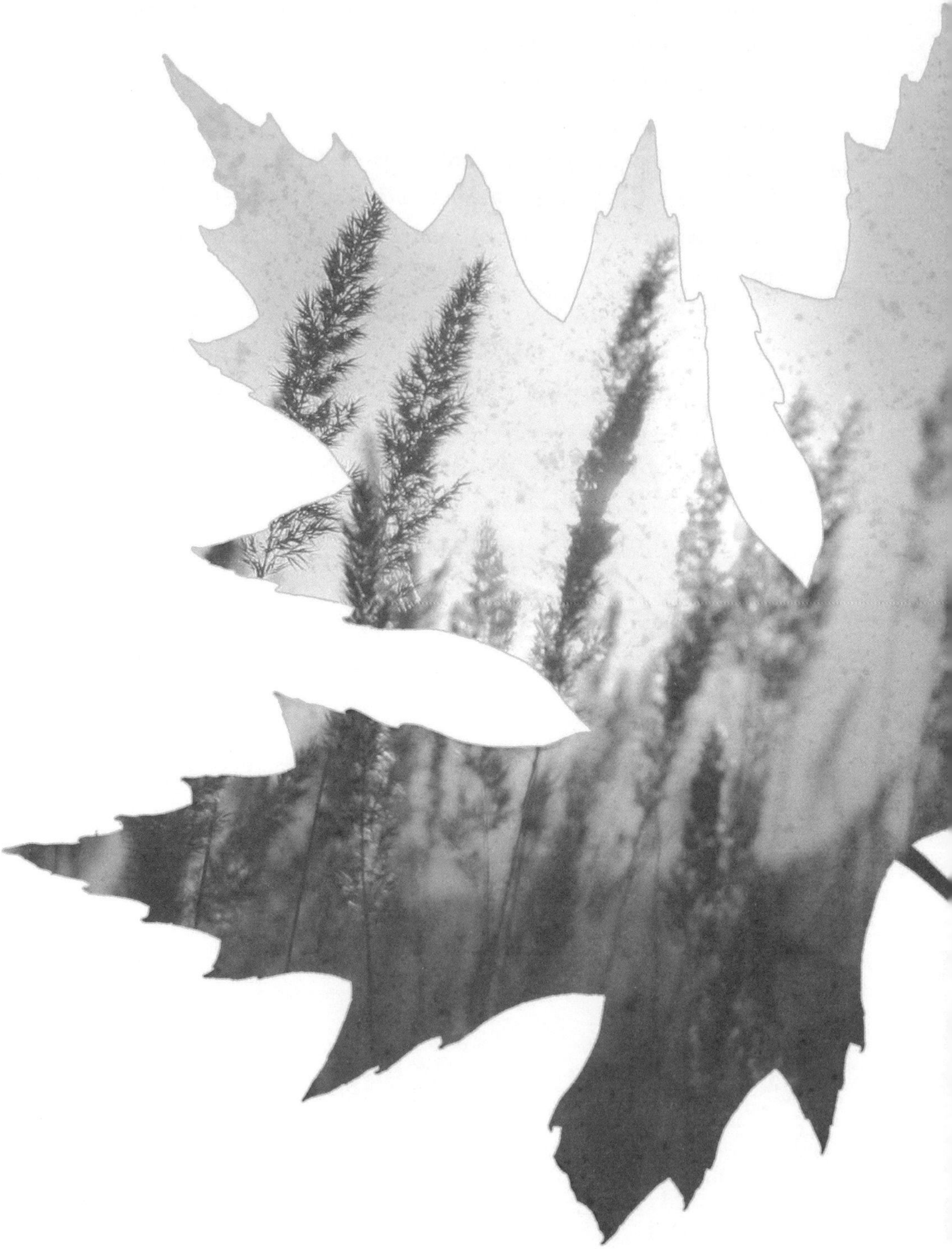

SORRINDO COM O PAI DA AURORA

ENQUANTO EU RESPONDIA a um monte de e-mails acumulados na caixa postal, surgiu um amparador extrafísico e passou-me o seguinte:

"Meu amigo das artes espirituais, que tal mergulharmos juntos na criação de mais uma canção?

O coração das pessoas é tão triste e suas emoções são tão doloridas.

É preciso brincar e rir mais, soltar-se no movimento da vida, seguir a canção e comungar com o fluxo do Universo.

Muitas pessoas carregam um verdadeiro cemitério emocional dentro de si e suas vidas são um velório contínuo.

Que vontade de desintegrar as lápides de suas memórias e os dramas mal resolvidos e plantar, no lugar, um monte de flores abertas ao carinho do sol de amor, ao sabor do vento da harmonia e das gotinhas do orvalho cristalino da vida.

Viver é aprender e bailar pelos salões das múltiplas experiências.

Viver enterrado nos dramas existenciais é fenecer por dentro...

O resultado é o mau cheiro exalando dos cadáveres das emoções antigas, amontoados no cemitério de si mesmo.

Ah, que vontade de encher de flores o coração de todas essas pessoas!

Que vontade de fazer cócegas em suas almas e fazê-las rir mais, por dentro, inclusive de si mesmas.

Que vontade de explicar-lhes o ridículo de tantas coisas que são valorizadas em demasia na Terra, dizer-lhes do ridículo de se aborrecer tantas vezes por pequenos motivos – ou daqueles momentos interiores de esquisitice –, que nem elas mesmas entendem, falar do ridículo de desperdiçar uma boa oportunidade de rir sem compromisso ou sentir prazer na caminhada sadia pela existência.

Quem é sadio espiritualmente faz questão de exumar os antigos cadáveres putrefatos de suas emoções pegajosas e mal resolvidas e incinerá-los no fogo de uma boa risada.

Quem ri descongestiona as energias e torna-se parceiro das risadas invisíveis do 'Papai do Céu'.

Sim, Ele também ri! Principalmente do ridículo de os homens procurarem-no em templos obscuros e cheios de ameaças infernais e nos livros pesados de julgamento, e não no sorriso da vida que canta, chama, ensina e faz dançar em vários planos de manifestação.

Ah, que vontade de dizer a todas as pessoas tristes que, diante da vida e do 'Papai do Céu', elas também são semelhantes a flores, e que a luz do Sol brilha sobre suas cabeças, e que a gotinha de orvalho cristalina está nas folhas vivas de suas existências.

Que vontade de dançar, meu amigo! Bailar pelas energias, cheio de luz e contentamento.

O meu Ioga, a minha disciplina espiritual é esta: dançar e

sorrir por entre os planos e os corações. Fazendo assim, torno-me parceiro do 'Papai Legal' e sinto-me aliado da própria vida em sua totalidade.

Outrora, também carreguei túmulos enegrecidos de desespero e de muita dor em meu coração. Mas fui possuído por um sorriso espiritual, que dissolveu todas as cruzes, todas as esquifes e todos os cadáveres emocionais turbulentos que infestavam meu viver íntimo.

Tomei consciência do meu pesar e de que sempre colocava a culpa de meus dramas nos outros ou no destino cego.

Conscientizei-me de que minhas desavenças interiores atraíam várias das encrencas em que eu me metia. Eu não me dava bem comigo mesmo! E isso doía muito.

Eu era coveiro de mim mesmo! E meu cemitério emocional era imenso e cheio de covas mal-humoradas que eu mesmo cavara com a minha intemperança.

Hoje, quando me lembro dessa época, dou um monte de risadas do meu ridículo desempenho na prova de viver. Entretanto, naquele tempo eu era uma verdadeira toupeira e só sofria por não ver direito. Eu mesmo me machucava nas lascas de meus pensamentos e de minhas emoções transtornadas. Mas sempre dizia que os meus infortúnios eram causados pelos outros ou pelas circunstâncias.

Meu amigo, ainda bem que aprendi a rir de mim mesmo.

Fui possuído mediunicamente por uma risada espiritual que se apossou de mim de tal maneira que até hoje ainda estou rindo. Era a risada invisível do 'Papai de Tudo' aconchegando-se no meu coração e na minha vida.

Quando percebi que Ele era puro sorriso entre os planos e os seres, aconteceu a minha grande iluminação interior.

Fui tomado por um imenso agradecimento a Ele, por tudo. Eu ria e chorava ao mesmo tempo.

Então, meu cemitério foi lavado pelas minhas lágrimas, e as tumbas, cheias de minha podridão, sumiram, como por encanto. Em seu lugar, surgiram as flores, e a minha terra interior foi toda adubada por um monte de sorrisos legais.

Como dizia um mestre da antiguidade: 'Caíram as escamas dos meus olhos'.

E eu vi uma luz que era pura alegria, viajando por entre os corações...

Ela não me ofuscava, só me fazia chorar de gratidão e rir do ridículo de nunca tê-la percebido antes.

Deixei de ser toupeira e tornei-me *médium* dessa alegria cristalina.

Deixei de ser coveiro e transformei-me em doador de sorrisos e dançarino luminoso.

Agora, só sei dançar na luz e sorrir... E isso é o melhor de tudo.

Quando se chega à conclusão de que muitas coisas que acontecem na vida de cada um são ridículas, a única coisa a fazer é rir disso e parar de aborrecer-se tanto. Já não importa mais o porquê disso ou daquilo, pois a risada varre tudo e destrói o cemitério das dúvidas.

Sabe o que é melhor nisso tudo? É que muitos que lerão esses escritos descobrirão que são coveiros de si mesmos.

Se eles vão rir disso ou não, eu não sei. Mas sei, por experiência própria, que ninguém gosta de desenterrar suas emoções esquisitas.

Talvez alguns entendam o recado:

'Ser ridículo não significa chorar ou rir, significa apenas não rir disso.

Quem ri sabe que o Papai do Céu também está sorrindo junto!'

Meu amigo, voltando ao nosso assunto inicial, que tal mergulharmos naquela canção?

Já falei demais, agora é sua vez.

Convide o seu coração para a canção, movimente os dedos para escrever e deixe o sorriso comandar o nascimento de mais uma canção.

E agradeça ao 'Papai da Aurora' por tudo."

***

"AURORA"
Baby, *não chore mais*
O que parecia fim era só fantasia
O Amor não machuca, só verte luz
As sombras dessa dor não são perenes
Só o amor é que é...
Liberte-se da dor e vamos caminhar juntos
No jardim daqueles sonhos que nunca fenecem
Sua longa noite terminou e a aurora está chegando
Não quer balançar os cabelos nos raios de Sol?
Olhe, as flores estão desabrochando
Será que elas estão rindo para o Sol que vem aí?
Ou será que elas perceberam aquele que partiu
Viajando espiritualmente nos primeiros raios da aurora?
Querida, tire o manto de dor e não se sinta sozinha
Os anjos da aurora estão chegando

Eles vêm deslizando nos raios de Sol
E portando uma canção
Escute-a no coração e receba sua mensagem:
Ninguém morre, ninguém morre, ninguém morre....
O espírito só ascende além da ponte do arco-íris
E surfa nos raios de Sol, forever!

WAGNER BORGES

P.S.:
O espírito que me passou esses escritos deslizava no ar, à minha esquerda, fazendo piruetas e rindo muito. Tinha a aparência de um menino branco de cerca de onze anos. Tinha cabelos pretos e emanava uma atmosfera de grande sabedoria aliada à simplicidade. Vestia calça *jeans* com tênis azul e camisa vermelha quadriculada.

Por intuição, sei que é um espírito oriental bem experimentado nas lides reencarnatórias e que sua aparência anterior era a de um chinês bem idoso. Isso só demonstra que a forma do corpo espiritual é plasmável de acordo com a vontade do espírito e que a aparência é relativa. E também comprova que nem todo mestre espiritual aparece com aquela indumentária característica de santidade que todo mundo imagina e que até mesmo os sábios espirituais utilizam-se de linguagem simples e acessível ao público – e adaptada também à época a que é destinada sua mensagem.

Textos assim são vertidos espiritualmente no mundo com a clara intenção de forjar, na consciência dos leitores, alguns questionamentos saudáveis em relação à sua própria vida. Para facilitar isso, a linguagem usada é bem simples e direta, bem universalista, e remonta à inspiração do Grande Arquiteto do Universo.

Ao compartilhar um texto assim, não é minha intenção, nem do espírito, qualquer espécie de doutrinação espiritual. Acho que isso fica bem claro na própria maneira como o texto está apresentado. O objetivo é este: "viver, cantar, sorrir, destruir o cemitério de dentro, viajar espiritualmente com os anjos pelos raios de Sol e seguir sempre vivo, na Terra ou no Além…".

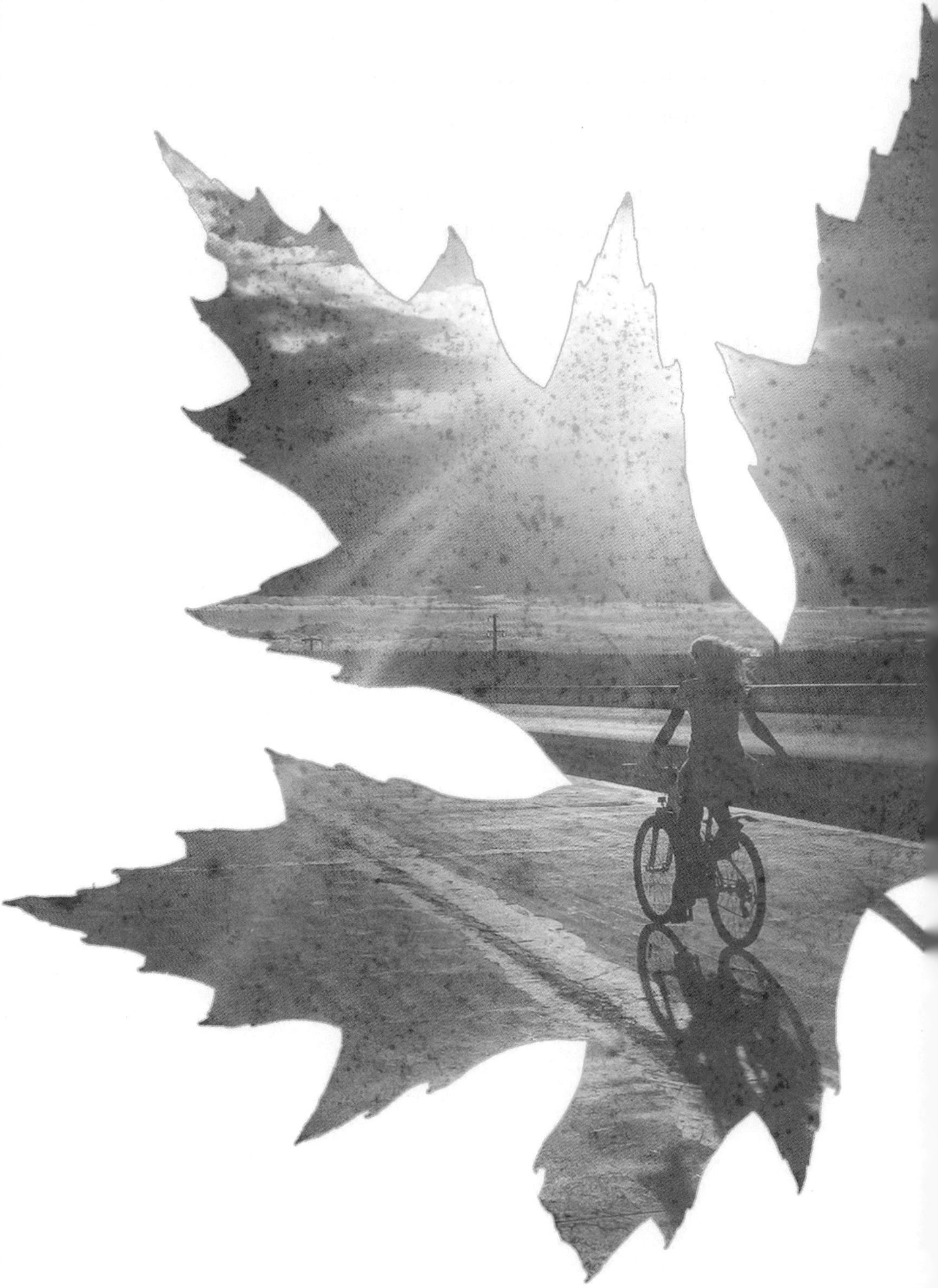

EM MEMÓRIA DAQUELES QUE VIVEM ALÉM...

OLÁ, VOCÊ DE QUALQUER LUGAR.

A vida é preciosa. É uma dádiva de luz.

Não desperdice o tempo vestindo o seu discernimento com o luto de sua dor.

Olhe a aurora ou o pôr do Sol, pise na grama verdinha, veja as crianças correndo e saudando a vida.

Banhe-se nos plácidos raios do luar.

Escute música e ria de alguma piada de que se lembre.

Em memória daqueles que partiram, VIVA!

Eles vieram, viveram, aprenderam e partiram.

Honre a memória deles: APRENDA TAMBÉM!

Não há homenagem a eles nas estátuas nem nos nomes de ruas ou nos túmulos vazios de suas presenças espirituais.

HONRE-OS EM SEU CORAÇÃO VIVO!

Livre-se do peso da dor da perda e mexa esse esqueleto em alguma atividade que dignifique sua vida — e também a deles nas esferas espirituais.

Chore e ria, ame e aprenda, VIVA!

Quando se lembrar dos seres amados que partiram, faça alguma coisa boa e ofereça a eles.

Celebre, cante e sorria em memória deles.

Nada de luto, pois o Sol vem surgindo ali na linha do horizonte.

Seja feliz e homenageie-os com a sua felicidade.

HONRE-OS COM A LUZ DE SEU CORAÇÃO VIVO!

Pense: o que os deixaria mais contentes nos planos extrafísicos onde moram agora: o seu luto ou a sua luz, a sua visita ao túmulo frio, onde eles não estão, ou o seu sorriso atestando o dom da vida?

Por favor, em memória daqueles que partiram e vivem além... VIVA!

WAGNER BORGES

MOVIMENTOS DA ALMA – III

Amigo leitor,
Tenha paciência.
Fique em paz e compreenda o jogo da evolução:
MOVIMENTO é energia!
A energia está em todos os planos:
Na Terra, no plano das esferas espirituais,
Em seu coração, na alma de quem partiu
E na alma de quem está chegando.

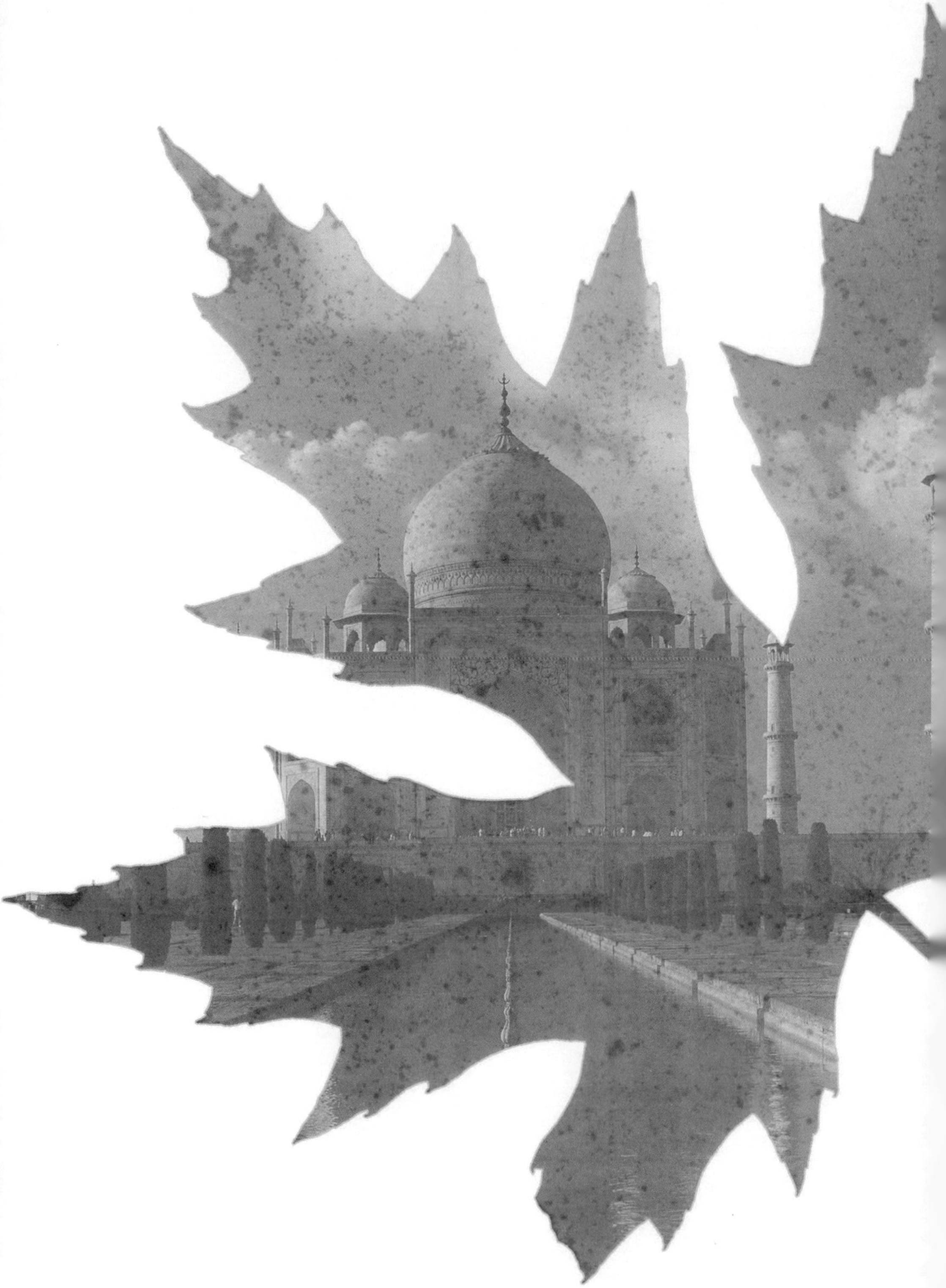

DANÇANDO COM O *KRISHNA* MENINO

ELE SURGIU DE MANSINHO e olhou-me com aquela expressão matreira. Estava plasmado como um menino e, quando andava, as joias, que trazia nos pulsos e nos tornozelos, faziam um som delicioso. Parecia o som da Mãe Divina convidando-me para o *samadhi* (estado de consciência cósmica).

Fitei seus olhos de lótus e uma onda de energia azul interpenetrou-me no *chacra* frontal. Parecia que o azul do céu convidava-me a profundas reflexões.

Olhei para os seus pés e ele girou dançando na minha frente enquanto ria. Parecia que a Mãe-Terra convidava-me ao movimento sadio da existência e aos passos do equilíbrio.

Então, ele pulou no meu colo e abraçou-me. Ele era a criança, mas eu é que parecia o seu filho. Parecia que o amor convidava-me ao compartilhamento de suas vibrações e ao conhecimento de que somos crianças divinas também e que os seres celestes nos visitam e brincam alegremente em nossas almas.

Nossos corações se tocaram e uma onda de luz amarelo-dourada invadiu tudo. Parecia que a Luz convidava-me a pensar no bem de todos os seres e a fazer o melhor possível.

Ele beijou-me no rosto e disse-me:

"Dispare as setas do esclarecimento e da assistência espiritual na crosta do mundo e diga aos homens que eles carregam o céu dentro do coração, a luz nos olhos e a essência das estrelas em seus corpos. Ensine-os a sentir o azul do céu na testa e o amarelo-dourado no coração e nos pulmões.

Diga a eles que o espírito é imperecível e que muitas jornadas ainda serão iniciadas na imensidão dos propósitos evolutivos siderais, que escapam à compreensão dos sentidos comuns.

Ajude-os a enxugar as lágrimas de saudade e a meditar na magnitude da existência em todos os planos. Os seus entes queridos estão vivos em outros domicílios espirituais, além das percepções comuns, mas acessíveis pelas vias da meditação, do amor, da espiritualidade e da paciência.

Ajude-os a perseverar nos estudos espirituais e no esforço de crescerem a cada dia, sempre lembrando-lhes das responsabilidades inerentes aos propósitos que buscam na vida.

A saudade é ilusão sensorial. Estamos todos muito mais próximos do que se imagina. O Universo está pleno de vida e tudo está interligado. Cada ser é a expressão de um sonho divino e vale muito a pena trabalhar na expansão desse sonho dentro de si mesmo.

Quem deixa de sonhar e de trabalhar por climas melhores bloqueia o próprio potencial e torna-se um zumbi, arrastando-se de forma deprimente pela vida. Torna-se impermeável ao azul do céu, ao amarelo do prana[17], às energias do verde da natureza e do laranja da terra.

---

17 Prana: do sânscrito, "sopro vital, força vital, energia".

O Sol e as estrelas beijam o chacra das mil pétalas[18], a Terra amamenta a todos e a vida flui pelos pés. E o prana visita o coração e os pulmões no sopro vital que cada um respira.

Entretanto, os homens se esquecem disso e bloqueiam os canais com seus medos e suas posturas radicais. O resultado de tal tolice é que o carma[19] e a dor também os visitam.

Alerte as pessoas de que estão fazendo uma péssima troca: deixar a luz do céu, da terra e do prana para flertar com as dores e as agonias é degradar o próprio potencial. Deixar de sonhar e trabalhar por valores sadios, por causa da incompreensão do mundo, é o mesmo que abdicar da luz estelar e tornar-se escravo das energias cinzentas que opacam o brilho nos olhos e o amor no coração.

Escreva aos seus irmãos de humanidade o recado que lhes envio:

Não degradem o potencial divino engolfando-se em energias cinzentas. Renunciem aos apelos de vingança e transcendam a dor que o ódio causa. Libertem-se da dor da saudade e sintam os seus entes queridos que partiram bem vivos e ainda crescendo e aprendendo a arte da vida nos planos espirituais. Em lugar do luto, enviem beijos e abraços luminosos.

---

18 Chacra das mil pétalas: esotericamente, é o chacra da coroa (chacra coronário), situado no alto da cabeça; em sânscrito, é chamado *sahashara*, o lótus das mil pétalas.

19 Carma: do sânscrito *"karma"*, " ação, causa" — é a lei universal de causa e efeito; tudo aquilo que pensamos, sentimos e fazemos são movimentações vibracionais nos planos mental, astral e físico, gerando causas que inexoravelmente apresentam seus efeitos correspondentes no universo interdimensional. Logo, obviamente, não há efeito sem causa, e os efeitos procuram naturalmente as suas causas correspondentes. A isso os antigos hindus chamaram de carma.

Eu os levarei até eles e lhes direi que vocês não esqueceram e continuam amando-os e participando da vida com dignidade. Eu os farei sorrir e sua alegria atravessará as barreiras entre planos e tocará os seus corações. E vocês serão felizes como devem ser!

Meus filhos, às vezes, o Céu se apresenta feito criança e veste os homens da Terra invisivelmente. E, assim, beija e inspira, abraça e ajuda, dança e ama, e faz cumprir o darma[20] da espiritualidade.

Nunca se esqueça de que os talentos espirituais não lhe pertencem, são do Céu. O seu darma me pertence e eu sempre caminharei nos salões secretos de seu coração. Você não me perceberá facilmente, mas escutará o som das joias da bem-aventurança balançando em meus pulsos e tornozelos. E isso lhe alertará de que o Senhor dos olhos de lótus o convida para o serviço de esclarecimento e assistência espiritual. Seja sempre um bom arqueiro e dispare as setas luminosas do Bem na alma do mundo.

Agora, vá e trabalhe, com o prana amarelo-dourado, na limpeza dos corações agoniados pela falta de espiritualidade e de amor. Leve o discernimento espiritual e seja feliz com seus irmãos."

Então, ele pulou do meu colo e dançou novamente na minha frente. Pela janela aberta e pelo teto chegavam ondas de energia azul-índigo que se propagavam pelo apartamento. Parecia que o Céu estava dançando aqui dentro e que o menino convidava-me a abraçar a humanidade, em silêncio.

---

20 Darma: do sânscrito "dharma", "dever, missão, programação existencial, mérito, bênção, ação virtuosa, meta elevada, conduta sadia, atitude correta, motivação para o que for positivo e de acordo com o bem comum".

A seguir, ele acenou em despedida e sumiu rindo e dançando naquela atmosfera azulada. Sentei-me, liguei o computador e estou escrevendo tudo isso para registrar a visita de *Krishna*, em forma de menino, e seu recado aos meus irmãos de viagem terrestre.

Agora eu sei por que hoje me levantei e passei toda a tarde sentindo um amor imenso por tudo e com o coração aberto, que parecia já saber por intuição que alguém muito especial chegaria dando passos de mansinho nos salões de minha alma.

Krishna, muito obrigado.

WAGNER BORGES

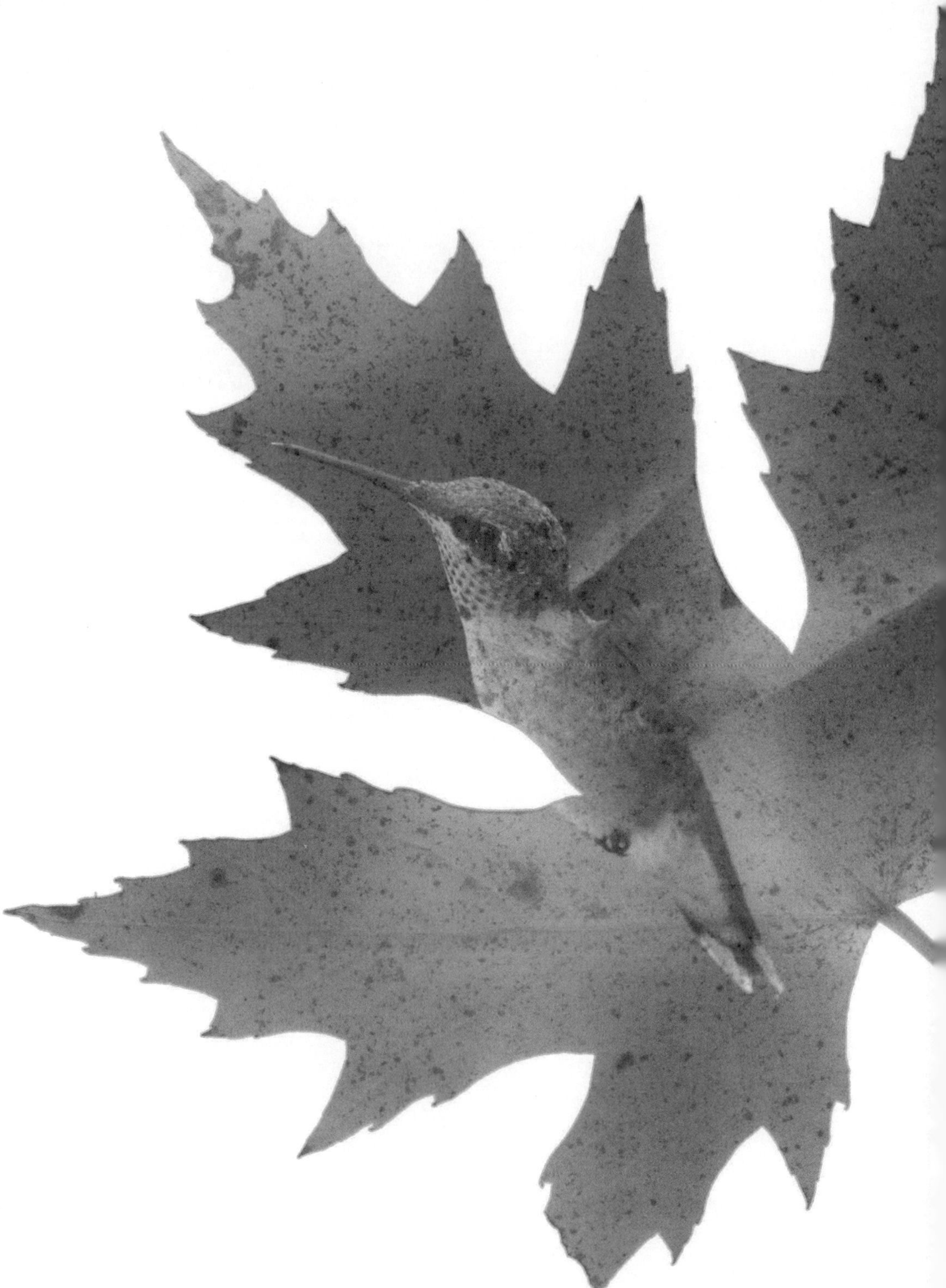

SAUDAÇÕES DE UM HOMEM BEM VIVO

SAUDAÇÕES, MEUS AMIGOS!

Quem lhes fala é um homem comum além da carne, mas ainda homem, bem humano mesmo.

Quando o véu da morte se dissipa, surge a primeira surpresa: você é o mesmo que era antes, nem mais nem menos. É apenas você mesmo, sem corpo físico, mas portando um corpo energético que, em tudo, duplica as condições psíquicas às quais a mente condicionou-se ao longo da vida.

É incrível como essa estrutura energética reflete o que pensamos e sentimos. Todos os detalhes da anatomia física são reproduzidos fielmente, pois temos, guardado na memória, a aparência física à qual nos acostumamos por toda uma vida.

Enquanto estiver presente a identidade da última existência, as características psicossomáticas se apresentarão por repercussão disso.

Por isso, sinto-me perfeitamente igual ao que eu era antes. Sei que isso mudará com o passar das experiências que terei por aqui e poderei vislumbrar novas condições.

Contudo, minha condição presente é a de um ser humano

comum num plano de manifestação da natureza extrafísica, alguns meses após a partida do corpo carnal. Falando claramente: estou no lucro. Perdi o corpo, mas não perdi a vida, levando em conta que, para mim, vida é consciência.

Agora percebo que aquele corpo era só um invólucro da natureza. Este atual é mais interessante. Sinto-me mais vivo agora do que nunca. O corpo doente e todas aquelas sensações horríveis ficaram para trás. Sei que esse corpo da alma é a minha vestimenta de luxo.

O corpo carnal é a roupa velha que foi para o lixo. Descobri, aqui, que só ficarei doente se quiser. As energias do meu corpo refletem o que penso.

Por isso, basta lembrar-me de algo desagradável e ficar preso a isso para, imediatamente, ser tomado por ondas de mal-estar. Isso é chamado, aqui, de melancolia extrafísica. O antídoto para isso é pensar em coisas reais e benéficas. O problema é que, sendo um ser humano que ainda carrega as dualidades emocionais, experimento momentos alternados de êxtase e saudade. Mas estou pegando o jeito da coisa e me adaptando.

Outro dia, alguém me perguntou por que apareço sempre de bigode e vestido de terno. Ora, se sou assim e gosto disso, o que me impede de aparecer como eu bem quiser? Parece que as pessoas imaginam que o plano extrafísico está cheio de fantasminhas vestidos de branco e tocando harpas ridículas num céu cheio de anjos com olhares vazios.

Não sei tocar nem violão, como saberia tocar harpa agora? O motivo destas linhas é passar algo da existência que tenho vivido aqui para as pessoas que ainda arrastam seus corpos pela Terra.

O pessoal que ajuda todo mundo por aqui me pediu para passar algo do meu jeito, aproveitando que minha condição é temporária e que, em breve, vou passar para parâmetros diferentes e mais compreensíveis só para espíritos desencarnados mesmo (essa é boa!). Eles querem passar informações direcionadas às pessoas comuns. Nada daquele papo espiritual egoísta de falar de transcendência e grandes coisas.

Muitos falam disso, mas sequer entendem das pequenas coisas. O meu negócio é falar de coisas humanas. Aliás, como eu poderia falar de outra coisa? Não sou anjo, sou só pessoa. Como eles me autorizaram a expressar-me com total clareza, tomo a liberdade de deixar um recado a quem estiver lendo estas linhas: cada pessoa é o que é!

Ninguém é anjo ou demônio, é só pessoa. A morte não muda o que somos, só tira nossa roupa de carne e nos joga vivos no *Astral*. Quem for esperto, que não faça o mal a ninguém. Já vi aqui muitas pessoas chorando arrependidas pelo que haviam feito em vida.

Também encontrei diversos amigos que me deram toques preciosos e me ajudaram a entender melhor como a coisa funciona por aqui. Por isso, não posso deixar de dizer-lhes, com toda a força: "Alguns amigos são de ouro e o abraço deles só faz bem".

Não encontrei santos nem diabos por aqui. Mas encontrei a mim mesmo em muitas coisas e sei que os seres humanos são capazes de coisas medonhas e de coisas elevadas. Os anjos que vi pareceram-me mais pessoas luminosas do que seres com asas.

Uma coisa é inquestionável: as estrelas brilham mais aqui. Para mim, o céu continua lá em cima. E continuo me perguntando se existe vida extraterrestre nessas estrelas. Até agora, nenhum deles baixou por aqui. Se acontecer, vou dar um aperto nos ETs e cobrar deles por que nos abandonaram à sanha das emoções desencontradas e a essa solidão cósmica de lascar.

Aqui e aí o tempo não para, por isso é hora de dar o fora. De todo modo, o objetivo principal destas linhas é só dizer que NINGUÉM MORRE DE JEITO NENHUM!

E que dentro do corpo, ou fora dele, somos apenas pessoas precisando aprender, urgentemente, a arte de conhecer a si mesmo. Que santos e diabos me perdoem, mas sou mais os seres humanos. Tenho quase certeza de que os anjos que vi eram humanos que conheceram a si mesmos e evoluíram a um estágio em que parecem diferentes.

Estou indo agora, mas, quem sabe, ainda aprenderei a tocar algum instrumento por aqui. Violão, flauta, piano... Estou vivo e no lucro mesmo.

ANÔNIMO
(Recebido espiritualmente por Wagner Borges)

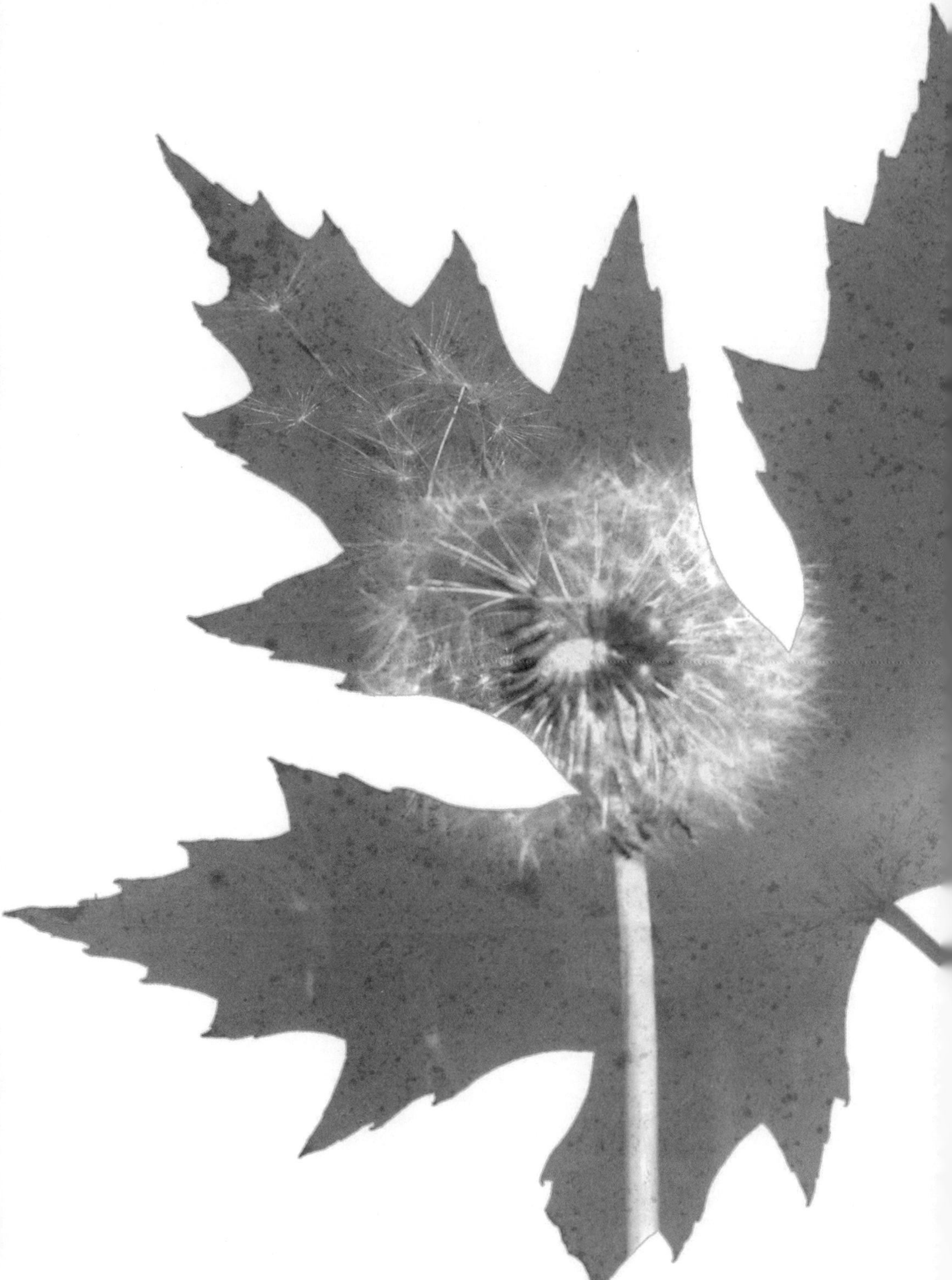

CONVERSANDO SOBRE VIDA APÓS A MORTE

(Transcrição do Programa "Viagem Espiritual", do dia 2 de maio de 2002 – Rádio Mundial de São Paulo, 95,7 FM)

SENTADO À BEIRA DE UM TÚMULO, um rapaz chorava, desconsolado, a perda recente dos seus pais. Triste, ele se perguntava se haveria vida para além da morte. Fervilhavam, em sua mente, aquelas perguntas que tanto perseguem a alma dos homens: "De onde vim? Para onde eu vou? E o que estou fazendo aqui?

A vida se resume apenas a comer, beber, dormir, copular e, um dia, chegar ao fim simplesmente?

Passar por toda uma vida aprendendo as lições de cada experiência, para quê?

Se, no final, tudo acaba, será só isso a existência? É apenas isso o que resta de duas pessoas, meus pais, que eu amava tanto? É isso que restou de nosso amor? Dois cadáveres embaixo da terra e eu, aqui, triste, sozinho no mundo, sem saber o que se passa, cheio de perguntas e nenhuma resposta? Haverá vida para além da morte?"

Enquanto o rapaz, sentado à beira do túmulo de seus pais, chorava entristecido, algumas quadras à frente um dos coveiros do cemitério estava trabalhando e, dali, observava o sofrimento do rapaz. Depois de tantos anos trabalhando naquele cemitério, já havia visto, milhares de vezes, a mesma cena: familiares chorando à beira do túmulo de alguém que se foi. Entretanto, naquela tarde, havia algo muito especial.

Ele olhava para o rapaz com um carinho diferente do seu jeito habitual. Alguma coisa lhe chamou a atenção naquele rapaz triste, mas ele não sabia exatamente o quê. Além disso, outra coisa o intrigava: naquele dia, ele havia levado um caderno e uma caneta para o trabalho. O material estava ali pertinho dele (que não sabia por que tinha levado caderno e caneta para o ambiente). Ele deixou ali do lado e ficou olhando o sofrimento do rapaz.

Alguma coisa comoveu aquele coveiro.

Sem que ele soubesse, havia uma presença espiritual ao seu lado. Era o seu amparador extrafísico, o seu guia espiritual, que não era um deus, não era um mito nem uma divindade, mas apenas um ser humano extrafísico que lhe conhecia de outras vidas e que o acompanhava ocasionalmente, inspirando, protegendo e ajudando-o invisivelmente naquilo que lhe fosse possível.

Esse mentor sutil observava o coveiro e também observava o rapaz. E ele o acompanhava porque, além de ser um amigo de outras vidas, respeitava muito o seu trabalho, pois aquele coveiro tratava a todos com respeito, percebia o sofrimento das pessoas e respeitava a sua dor.

Mais importante ainda, respeitava os restos mortais de cada criatura e enterrava os cadáveres com imenso respeito e, em silêncio, sem que as famílias soubessem, fazia preces para as pessoas. Ao final do dia, em casa, ele elevava os pensamentos, abria o coração e oferecia preces a todos aqueles que tinham partido naquele dia. As famílias não sabiam disso e a administração do cemitério também não, mas os espíritos sabiam e, por isso, um desses espíritos amigos o acompanhava frequentemente.

Observando o sofrimento do rapaz na quadra ao lado, o guia espiritual encostou perto do coveiro e projetou um raio de luz branquinho e brilhante em sua cabeça. Imediatamente, ele foi tomado por uma vontade irresistível de escrever algo. Então, correu e pegou o caderno e a caneta que tinha deixado ali pertinho. E, olhando para o rapaz e já influenciado pela presença do mentor extrafísico, ele escreveu algumas palavras e teve a intuição de entregá-las ao moço triste.

Por alguns minutos, ele escreveu bastante, sem saber exatamente o que estava escrevendo e sem saber o porquê, sem saber que, ali, ele era um médium, um elemento interplanos passando uma mensagem para alguém sofrido.

Finalizados aqueles escritos, ele foi até o rapaz, entregou-lhe o papel em silêncio e se afastou sem falar nada. E sumiu por entre as campas do cemitério.

O rapaz, então, pegou o papel e, também influenciado, sem perceber, por aquele Ser invisível, começou a lê-lo. Enquanto isso, o guia espiritual projetou um raio de luz verde em seu peito e um raio de luz amarelinho no topo de sua cabeça. A luz verde era para curar as feridas emocionais, as dores da perda. E a luz amarelinha no topo da cabeça era para abrir a intuição, receber a luz do Cosmos, intuir as ideias profundas que vêm do Alto e ampliar o discernimento e a inteligência.

Tocado por essas luzes, o rapaz entrou, sem perceber, num estado alterado de consciência e teve a impressão de que algo invisível o tocava e uma voz sutil lhe falava algumas coisas. Ele não escutava com os ouvidos, mas com o coração. E essa voz lhe dizia intuitivamente que não havia correspondência entre o seu luto e o brilho do sol derramando as partículas luminosas na atmosfera, que cada raio de sol trazia presentes solares, presentes de luz na atmosfera e que não havia correspondência entre a sua tristeza e aquela luz que banhava a atmosfera, que a vida não se resume apenas a comer, beber, dormir e copular, mas é também viver, amar e aprender. E uma das coisas básicas para aprender é que a vida nunca acaba na morte, pois a consciência prossegue viva em outros planos. E que a morte é uma ilusão sensorial. E que as pessoas queridas só deixaram de ser percebidas pelos cinco sentidos convencionais, mas que poderiam ser percebidas pela luz da inteligência e do coração.

Então, o rapaz leu as palavras escritas pelo "coveiro mediúnico":

"Cemitério não é lugar de ninguém. Os cadáveres não são as pessoas. Nenhum cadáver possui brilho no olhar. Nenhum cadáver ama. Nenhum cadáver vive.

A vida vem da consciência espiritual que habita o corpo por um tempo determinado, de acordo com a própria experiência por que a pessoa precisa passar. O brilho pertence à pessoa, ao espírito, à consciência. Quando esse espírito se retira, sobra só a carcaça, elemento terrestre, que será novamente recebido pela Mãe-Terra e transformado por Ela em nutriente, para que outras formas de vida se expressem oportunamente.

Esses corpos serão absorvidos pela Terra, que é sua verdadeira dona, mas os seus pais estão viajando por entre os planos, na direção de seus destinos, que também não têm fim, assim como o infinito do espaço interdimensional. Eles prosseguem para outros aprendizados, em outros lugares, com outras pessoas e em outras condições. E, nos planos espirituais, os seus pais não são mais pais, são apenas filhos de Deus, assim como todos os seres. Os pais de alguém não passam de filhos do Criador, são filhos da vida multidimensional. E essa vida prossegue por aí... Em outros planos e orbes, sempre seguindo...

Erga a cabeça, abra o coração, veja o brilho do Sol na atmosfera, o azul do céu e o vento que passa balançando as folhas das árvores. Sinta o cheiro da vida. Perceba, por sintonia, a magnitude da existência. Acabe com a sua tristeza, com o seu luto, e abrace a luz do Sol. Abrace o vento, sinta-o! Perceba a magnitude da vida em todos os planos, na natureza e em você mesmo. Um raio de luz verde no peito e um raio de luz amarelo-dourado na cabeça. E um abraço invisível que fica. E que eleva a consciência a sempre pensar no melhor.

Quais são os ossos que podem portar o brilho do amor de alguém? Quais são os restos mortais que podem portar a beleza de um amor? Que túmulo frio poderá portar o calor de um coração que ama? Que cemitério poderá enterrar uma consciência espiritual que pertence a outros níveis? Que cartório terrestre e transitório registrou o nome de um espírito milenar? Que terra poderá absorver aquilo que pertence aos céus? Que vermes poderão consumir aquilo que pertence às estrelas? Que espírito eterno fará parte da cadeia alimentar de seres minúsculos dentro da terra? Um ser que veio das estrelas nunca poderá ser alimento de vermes em lugar nenhum. Isso é insanidade, é ignorância, é cegueira! O espírito pertence às estrelas! O corpo pertence a terra! Por que os homens não pensam nisso?"

O rapaz terminou de ler essas palavras naquela carta mediúnica. Olhou em volta, mas o coveiro tinha sumido. E ele tinha ido embora, mas tinha deixado a mensagem. Então, levantou-se e foi andando também. Contudo, em lugar de olhar para as cruzes e as tumbas, ele agora olhava para cima. E admirava a luz do Sol. E admirava aquele céu azul. E ele, então, de alguma forma, percebeu que o azul do céu e o dourado da luz do Sol abrigavam os espíritos de seus pais. E que, na terra, ficavam apenas os restos mortais, sempre temporários, para serem transformados, reciclados e oferecerem vida a outros seres minúsculos. E o rapaz prometeu a si mesmo que, sempre que se lembrasse de seus pais, também se lembraria da luz do Sol e do azul do céu. E sempre pensaria neles como estrelas que partiram para outras vivências, e que ele mesmo, um dia, partiria para outras vivências, além...

E pensaria que a vida não se resume apenas à existência física, mas também à existência do amor, o qual a morte não rompe, e à existência da consciência, que nada pode matar.

Com coração e consciência, esse rapaz se retirou do cemitério e foi para a vida. Foi viver. Foi tocar sua vida da melhor maneira possível, consciente de que alguma coisa a mais existe e não pode ser explicada para outras pessoas, mas pode ser sentida dentro do coração. Algo que não pode ser provado para os outros, mas que pode ser percebido pela consciência, que raciocina, discerne, sente e, pelas vias da meditação, percebe a existência de outros planos e reconhece que as consciências nunca morrem.

E elas comunicam-se também, porque a morte não mata o amor. E o amor, prosseguindo, sempre busca o ser amado, independentemente dos limites interplanos, e atravessa todos os planos, todos os níveis e se comunica, de coração a coração.

Por isso, as pessoas que ficam na Terra, ainda por viver mais um tempo de sua experiência, que procurem sentir, dentro do coração, nunca no cemitério, a presença de seus seres queridos que já partiram. Que sintam dentro da consciência, nunca dentro da tumba, pois uma lápide e um cemitério são frios, são da Terra e não podem abrigar o brilho do amor, o brilho das estrelas, que pertence à consciência (que, agora, levou seu brilho para outros rumos, além...)

Paz e Luz.

WAGNER BORGES

P.S.:
Dedico esta mensagem de imortalidade da consciência a todas as pessoas que me escrevem pedindo mensagens sobre os seus seres queridos que partiram para morar "do lado de lá". Que elas possam vencer as limitações da dor da perda e sentir a pulsação da vida em seus corações chamando-as para novas experiências nesse magnífico oceano da existência. Que elas possam sentir um amor invisível que as abraça em silêncio e não necessita de prova material para quem o sente. Que elas possam receber, por intermédio destes escritos, uma onda de esperança e de LUZ, aquela mesma LUZ que anima os milhões de sóis espalhados pela imensidão sideral, que dá vida a todos os seres e que é a mesma luz que mora no coração espiritual. Aquela LUZ eterna, Pai-Mãe de todos, invisível aos olhos físicos, mas visível à inteligência e ao coração.

Aquela LUZ que me inspira a escrever tudo isso e que me diz, no silêncio, que a saudade sadia, que não impede de viver e aprender, é mola propulsora para novos encontros na eternidade da vida em todos os planos. Entretanto, a saudade que paralisa o viver e só aumenta o sofrimento e o luto é nefasta, pois leva ao engano de buscar no cemitério, lar dos ossos e dos vermes da terra, o espírito imortal, que mora nas estrelas e não nasce nem morre, apenas entra nos corpos perecíveis e sai deles.

Aquela LUZ, puro amor silencioso, que sempre me pede para escrever que é necessário viver, amar, sorrir e seguir...

Aquela LUZ da qual *Buda*, Jesus e *Krishna* falavam e sobre a qual ensinavam... Aquela LUZ que mora no coração.

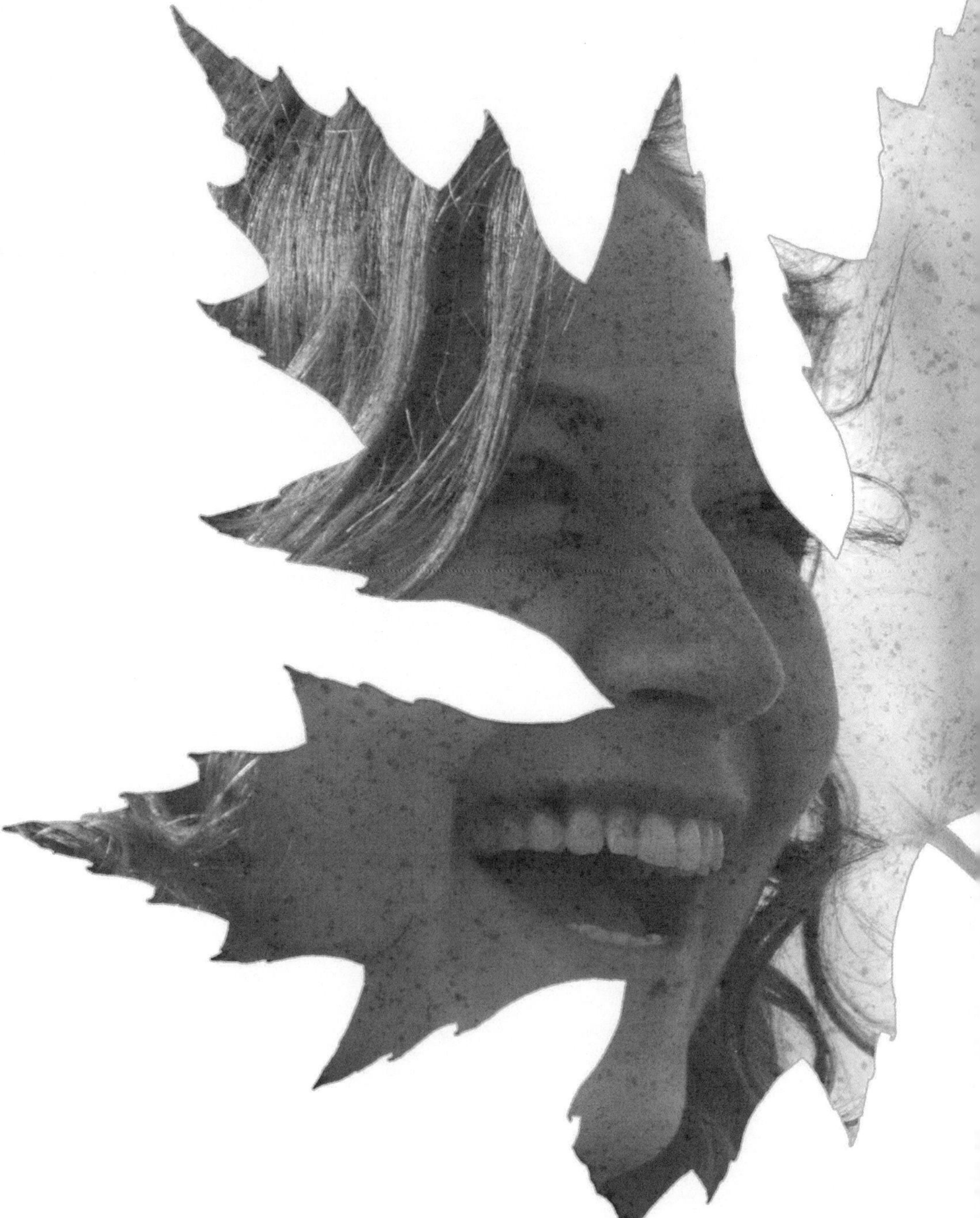

CONVERSANDO COM LOPEZ

ENQUANTO EU SEPARAVA alguns textos para mostrar numa palestra, percebi um espírito na sala do meu apartamento. Ele estava à minha direita e olhava para a capa de uma revista em cima do sofá. Quando ele percebeu que eu havia notado sua presença, virou-se e cumprimentou-me cordialmente. Sua aparência era curiosa. Era branco, alto, tinha barba cerrada e expressão simpática. Estava vestido com roupa longa branca (semelhante a uma bata grega) e sandálias do tipo franciscano. Em sua cabeça havia uma espécie de faixa brilhante (como uma tiara fina brilhante).

No conjunto, ele parecia um desses gurus americanos da Nova Era.

Notei que já estava no ambiente há algum tempo, mas que, devido à correria de trabalho, eu não havia conseguido percebê-lo antes.

Como eu estava com o computador ligado, aproveitei para conversar mentalmente com ele e transcrever imediatamente o papo.

Pensei: "Acho que ele está aqui para um primeiro contato

espiritual. Provavelmente, irá acompanhar-me na palestra de logo mais. Pelo seu jeito, deve ter um nome iniciático daqueles".

Então, ele riu e disse-me, mentalmente: "Que nada! Não tenho nome iniciático algum. Meu nome é Lopez".

Não acreditei e comecei a rir. Um guru com nome de Lopez!

Daí, iniciamos a seguinte conversa:

— Lopez, por que esse nome? Você parece mais um guru da Nova Era, vestido desse jeito.

— Em meu tempo na Terra, eu tinha um nome iniciático e um grupo de discípulos dedicados. Porém, quando cheguei ao *Astral*, vi que isso era absolutamente desnecessário e nada me adiantava espiritualmente. Então, voltei a usar meu antigo nome familiar. É mais compatível com o meu jeito de ser real.

— E essa roupa? Ela ainda lhe dá aquele ar de guru "*fast food*" da Nova Era.

— Na verdade, ainda uso tal indumentária para lembrar-me, constantemente, do que eu era. Fazendo assim, aviso, a mim mesmo, que é só uma roupa e não reflete o meu estado íntimo. É muito fácil ser enganado por si mesmo e achar que um título ou um nome iniciático confere sabedoria e equilíbrio a alguém. Cometi esse erro e hoje procuro ser apenas eu mesmo, o Lopez, filho de um casal humilde.

— Legal isso que você está dizendo. Mas houve algum problema com você depois de sair do corpo definitivamente?

— Não. O meu problema foi íntimo mesmo. Ao chegar aqui, deparei-me com coisas que não imaginava. Eu era um mestre na Terra, mas aqui não sabia quase nada e via muitas pessoas comuns cheias de sabedoria. Elas viveram na prática da vida o que eu só levei na teoria.

Uma das coisas que mais me fizeram pensar foi o caso de uma amiga que era cega. Quantas vezes eu a orientei espiritualmente em conversas privadas que tivemos. No entanto, ela não era muito de seguir as coisas. Não seguia cartilha alguma e não suportava que alguém lhe dissesse que parasse de rir de alguma coisa. Ela detestava preces e mantras[21]. Por várias vezes eu a chamei de leviana e a alertei de que precisava ser mais séria nas coisas.

Um dia, ela me disse: "Vi meu anjo e ele não me pediu para parar de rir. Ele só disse para eu me cuidar e ser feliz".

Tempos depois ela se foi. Voou para fora da matéria, dormindo.

Quando cheguei aqui, ela veio me visitar. Estava belíssima e radiante. Os seus olhos eram dourados. Que mulher maravilhosa!

Então, ela me disse: "O meu anjo estava certo. Vale mais sorrir do que seguir alguma cartilha espiritual formatada por alguém da Terra. Eu era cega lá no mundo, mas consegui enxergar essa verdade. Continuo rindo e enxergando mais. E estou muito bem".

---

21 Obviamente, isso se refere ao fato de muitas pessoas rezarem ou se utilizarem de mantras em suas práticas espirituais, de forma ortodoxa e radical. E ele está certo. Muitas pessoas que rezam bastante e seguem alguma linha espiritual em particular são pródigas em julgar os outros e em detonar a espiritualidade alheia, principalmente se esta for diferente da sua própria.

Há algumas que se concentram nos mantras de forma mecânica e repetitiva, sem coração e alma, sem luz e sem verdade, sem energia e sem amor.

Pessoas assim são capazes de repetir milhares de vezes os mantras, mas não são capazes de perdoar ou sorrir simplesmente. Podem rezar muito, mas o radicalismo permeia os seus pensamentos.

Fiquei estatelado! Ela estava em situação espiritual superior à minha.

Compreendi a lição. Voltei a ser o Lopez. E agora estou tentando rir mais das coisas. Esta roupa aqui é só fachada. Estou reaprendendo a ser eu mesmo.

Um espírito amigo meu sugeriu-me que viesse assistir ao seu trabalho. Por isso estou aqui. Se você me permitir, posso lhe passar algumas práticas espirituais. Essa foi uma das coisas boas que eu aprendi na Terra. A outra coisa boa foi o que aprendi no Astral: voltar a ser eu mesmo.

E a lição principal eu ainda estou tentando aprender: como rir mais e soltar-me espontaneamente. É nisso que você irá me ajudar mais. Você será o meu amparador. E eu serei o seu amparador dos cristais. E o Cristo será o amparador de nós dois na jornada.

Por agora, deixo-o com o seu trabalho. Só vim dar uma olhada e apresentar-me. Agora você já sabe: sou o Lopez, o amigo dos cristais, que está aprendendo a arte de ser simples e sorrir no trabalho espiritual.

Paz e Luz.

WAGNER BORGES

MOVIMENTO DA ALMA – IV

Vida e morte, morte e vida.
É a dança evolutiva dos contrários,
Vivências da alma que evolui,
Entrando e saindo de corpos, sempre viva.
Vida e morte, morte e vida...
Apenas alternâncias evolutivas, ciclos da alma.
Somente mudanças de endereço evolutivo.

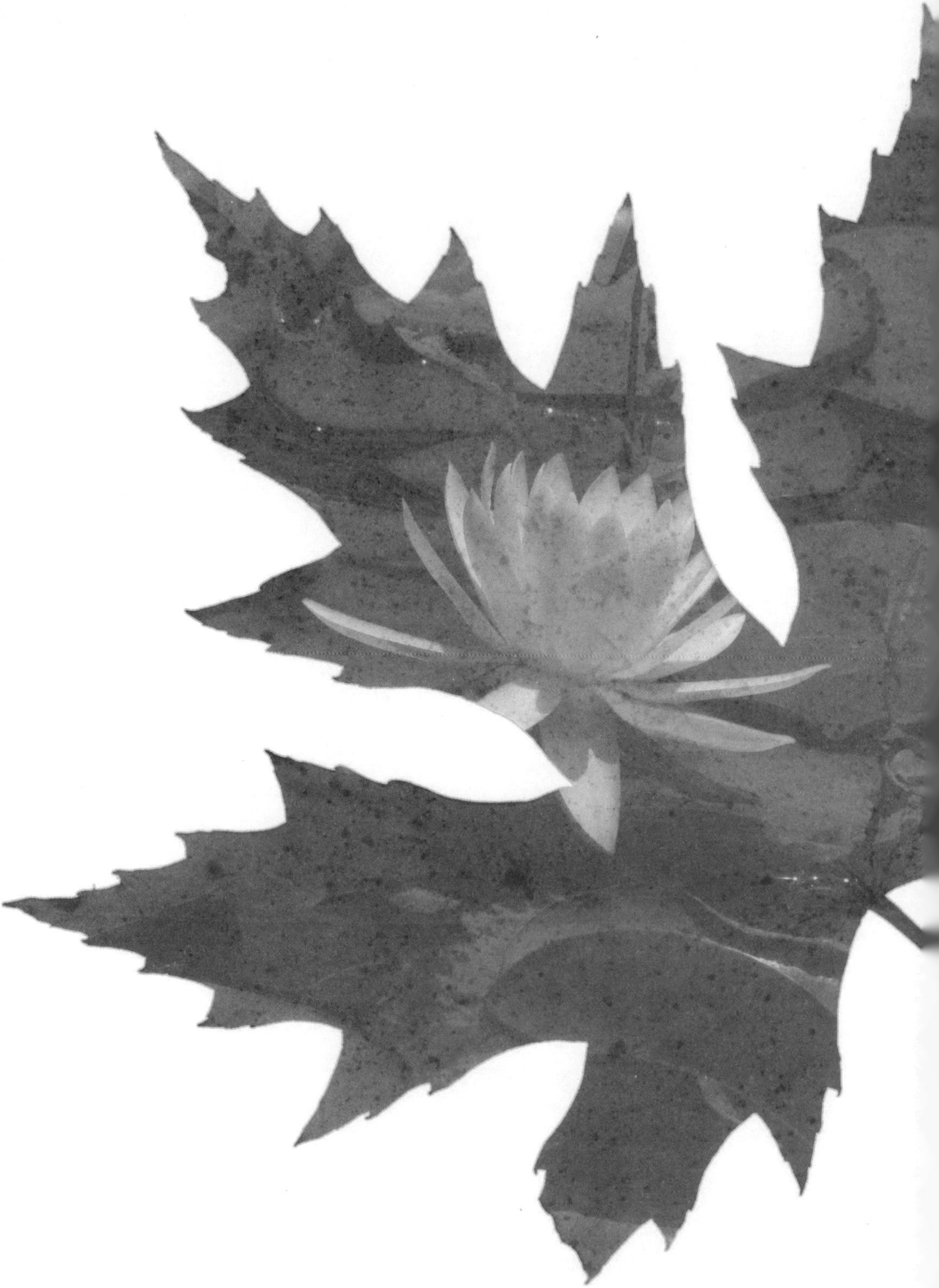

RECADO ESPIRITUAL VIVIFICANTE

(Depoimento de uma amiga extrafísica, passado, originalmente, para o Grupo de Estudos e Assistência espiritual do IPPB)

ESTOU MUITO BEM E AGRADEÇO A VOCÊS POR TUDO.

Aí dentro da carne, eu não era nem sombra do que sou agora.

Vivo num corpo translúcido e vibrátil[22], imersa numa atmosfera vivificante e sutil. Parece que a energia daqui é inteligente e amorosa, como se tivesse consciência própria. Não dá para explicar isso direito ainda.

As coisas acontecem da maneira que têm de acontecer mesmo. E de uma coisa hoje eu sei: as verdades da vida só são compreendidas completamente além da vida mesma...

Enquanto encarnados, só desconfiamos disso. No entanto, ao desenfaixarmo-nos da carne, a verdade aparece e com ela vêm as lembranças de outros fatos, da Terra e de outros lugares, bem como o despertar de maior lucidez.

Alguns podem estranhar o meu jeito de expressar as ideias, mas é que não sou exatamente igual ao que era antes. Além do

---

22 Corpo espiritual; corpo de luz; corpo astral; perispírito; psicossoma.

mais, continuo estudando e, com incorporação de novas ideias em minha mente, mudei muita coisa mesmo.

Acho que eu era uma "lesma" aí na Terra. Era medrosa e ciumenta; dentro de mim, guardava emoções pegajosas. Eu já trazia essa tendência de outras existências. Foi por isso que o câncer apareceu.

Deixo um abraço luminoso para o meu marido e meu querido filho e também para os parentes e os amigos. Sei que eles gostariam de algum recado mais detalhado, alguma prova de que sou eu mesma, mas isso não é muito importante. Continuo amando-os profundamente, mas o envolvimento emocional agarradiço já passou.

Por vezes, visito-os invisivelmente e aplico-lhes passes sutis, tentando ajudar no que posso. Contudo, eles têm a vida carnal a seguir... E eu estou em outro plano no momento. A vida é deles e as experiências também e, no tempo certo, vamos nos encontrar mesmo!

Aos amigos do grupo de estudos, muito obrigada pela companhia e pelo apoio. Dr. Juan, Wagner e os amparadores, muito obrigada pela ajuda espiritual nas horas difíceis da doença. Muito obrigada pelas lições espirituais que aprendi com vocês. Elas me são muito úteis agora.

Que Deus ilumine a vocês todos!

MARINA[23]
(Recebido espiritualmente por Wagner Borges)

---

[23] Marina era participante do grupo de estudos e "descascou" por causa de câncer, em 1993.

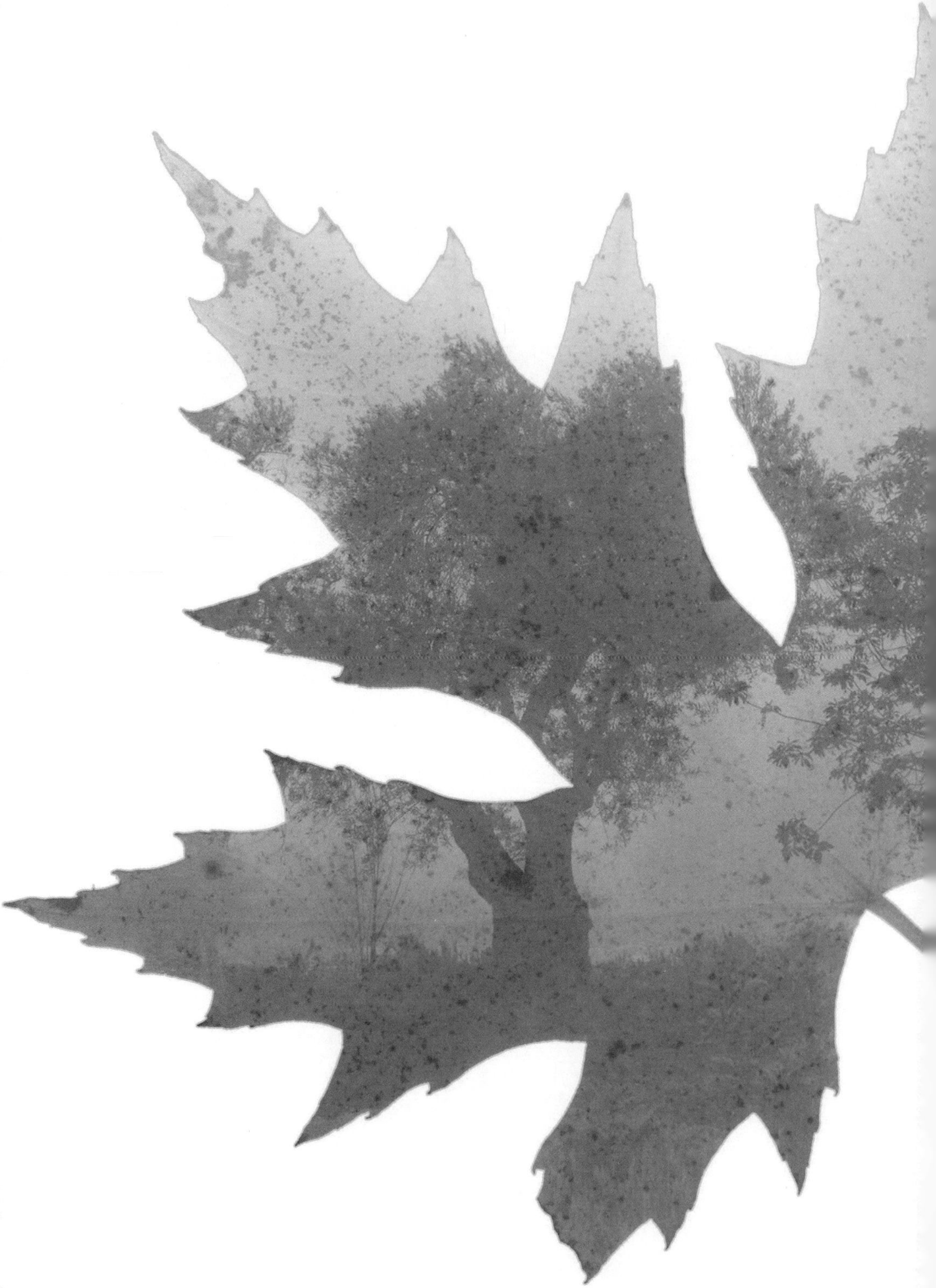

A MENSAGEM DAS BRUMAS

ERA NOITE ALTA NA CAMPINA.

Acima dela, em meio à bruma, os espíritos dançavam.

O poeta sabia disso.

No seio da madrugada, ele aguardava a comunicação da inspiração. Longe, um galo cantava anunciando as luzes da aurora.

O poeta sabia que a noite se tornava mais escura um pouco antes do nascer do sol.

O canto do galo avisava que logo as trevas da noite explodiriam em luz.

Quieto, ele agradecia.

Ele sabia que as trevas da noite e a luz da aurora faziam parte do grande círculo da vida.

O dia e a noite eram irmãos.

O inverno e o verão, apenas extremos além da primavera...

Em seu coração, ele sabia das alternâncias vitais. E, por isso, em seu coração, escutava os espíritos em festa na natureza.

E eles lhe diziam, no silêncio da inspiração:

"Salve, irmão!

Venha celebrar a vida e agradecer o dom da inspiração.

Venha escutar a mensagem das árvores, dos pássaros, do vento e das pedras.

Venha pousar seu coração no cume da montanha invisível, lar dos espíritos que amam as alturas da paz.

Solte as amarras do medo e voe com aqueles que vivem sem o peso do corpo.

Fale aos seus irmãos sobre a canção da vida.

Diga-lhes do amor que o convocou até as brumas silenciosas.

Cante algo que lhes lembre a primavera dos corações, na qual brilham as flores mais lindas.

Faça a poesia acontecer… Cumpra a tarefa que o Povo Invisível lhe confiou.

Escreva a mensagem das brumas antes do nascer do Sol.

E, quando a aurora despontar no horizonte, saúde o novo dia como a um deus que lhe dá a oportunidade do recomeço e do aprendizado.

Celebre a vida!

O invisível o saúda."

Então, o poeta escreveu o que o silêncio lhe ordenou no coração.

E depois esperou, com lágrimas de admiração, a aurora chegar.

Então, o poeta dançou na luz…

WAGNER BORGES

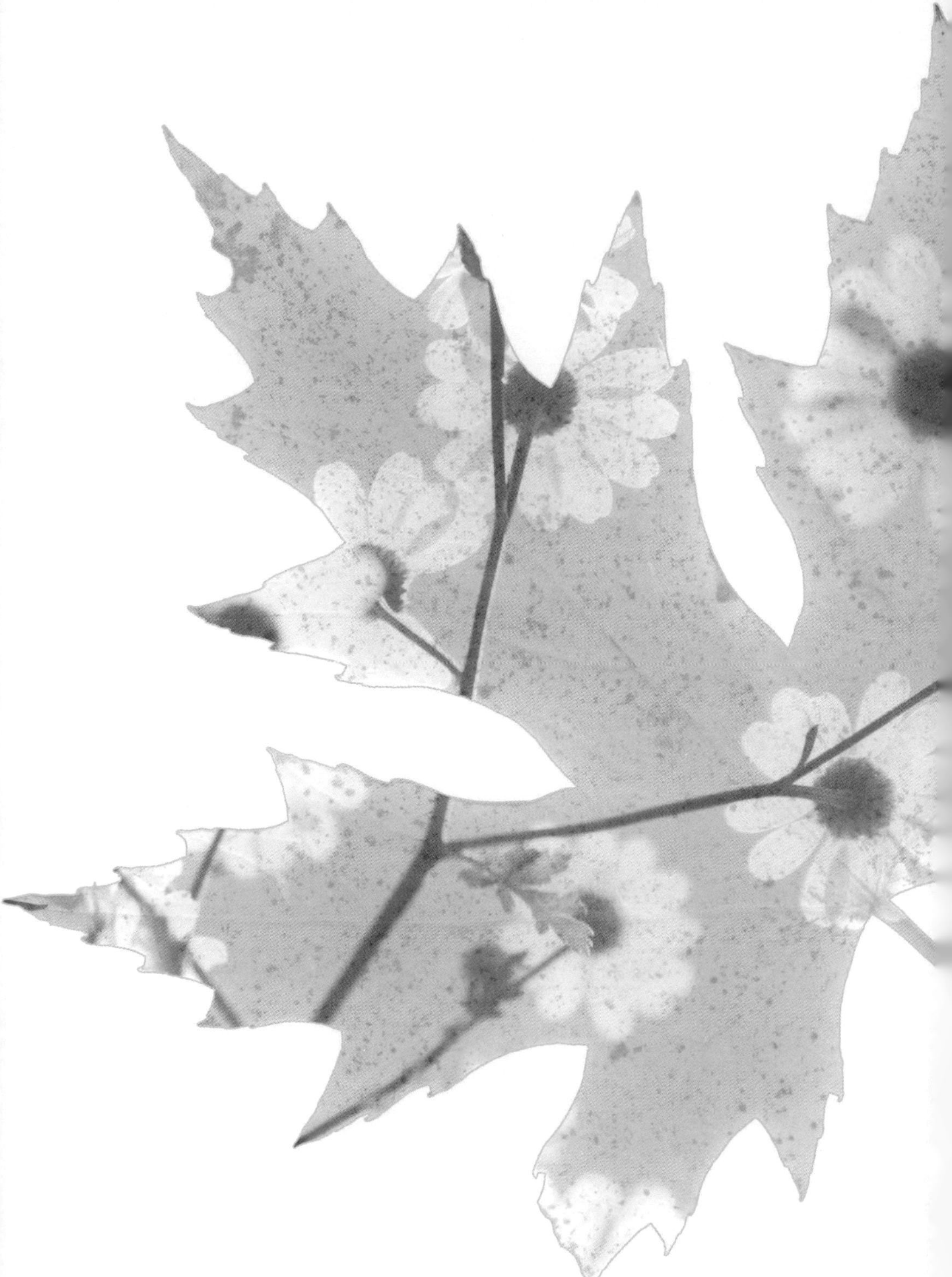

FLORESCÊNCIA ESPIRITUAL

(Flores Astrais e Consciência Espiritual)

NÃO SOMOS apenas o corpo físico tangível e visível.

Somos a luz viva manifestado-se através da carne.

Somos muito mais do que aparentamos.

Pulsa, em todos nós, o fogo estelar – crepitam chamas espirituais em nossos corações.

Somos algo que escapa ao nosso próprio entendimento mental, superficial e transitório.

Somos algo mais do que supomos...

Somos consciências imperecíveis, coisa que só é compreendida pela intuição que mora no coração.

Nossos corpos densos são temporários, mas nós não!

O corpo físico cai e fenece, mas o princípio eterno jamais tomba!

Que esquife enterrado no solo poderia conter, sob a lápide gélida, o brilho do espírito imperecível, filho do fogo cósmico?

No dia de finados, que triste é ver os familiares e os amigos visitando as campas cinzentas, choramingando com os olhos opacos, que fitam a terra com sofrimento.

Essa mesma terra, cheia de ossos, mas sem nenhuma consciência.

Como seria bom se as pessoas voltassem os olhos brilhantes para o céu, casa das estrelas e lar dos imortais.

Em lugar da saudade mórbida, o brilho da esperança nos olhos.

Em lugar do luto, um coração luminoso, tal qual um sol de amor chamando para o aprendizado necessário da vida.

Para o ser querido que viajou definitivamente para fora da carcaça física e hoje mora nos sítios extrafísicos, que alívio é saber que os seus entes queridos aceitaram a sua partida e estão procurando ser produtivos na vida que passa...

E tudo passa mesmo. Até mesmo a dor da saudade, dissolvida na luz do discernimento espiritual que transcende o olhar superficial e imediatista.

Que pena ver os ramalhetes de flores secando em cima da tumba vazia de consciência, flores essas que poderiam ter sido oferecidas a quem pudesse apreciá-las vivamente, com consciência e admiração pela beleza da natureza em florescência.

Ah, o discernimento espiritual... Que não é doutrina, mas estado de consciência íntimo, intransferível, e diz que há flores astrais desabrochando nos sítios extrafísicos.

Ah, o amor... Que sente esse desabrochar no centro do coração e sabe desses jardins espirituais, além da percepção dos sentidos carnais.

Somos mais do que aparentamos e supomos... E os nossos seres queridos, que já partiram desse plano terreno, frequentam jardins extrafísicos cheios de flores, num contínuo desabrochar. E eles também estão em florescência.

Em seus jardins astrais, sob os seus "pés alados", não há túmulos.

Em compensação, há consciências extrafísicas com os olhos espirituais brilhantes, fitando coisas além das estrelas.

Muitas vezes esses olhos brilhantes fitam a terra, a sua antiga casa, e ficam contentes quando veem os seus entes queridos encarnados aproveitando o seu tempo de vida intrafísica para aprender e crescer com as vivências humanas.

Somos bem mais do que entendemos, somos a luz viva! E nenhum cemitério poderá conter o nosso brilho imortal.

Sim, somos muito mais do que pensamos...

Que os restos mortais sejam devolvidos à Mãe-Terra ou dissolvidos pelo Irmão Fogo, tanto faz. O que importa realmente é a consciência imperecível, que, semelhante às flores astrais, também está em eterna florescência...

P.S.:
Desejo, de coração, que os olhos dos leitores estejam brilhando muito agora e que, no plano extrafísico, os seus seres amados, que já partiram, também estejam com os olhos espirituais brilhando.

"Aqui" e "lá", o importante é o desabrochar das flores e das consciências.

(Estes escritos são dedicados às pessoas que perderam seres queridos e superaram a dor da perda sem perder o desejo de viver, sem deixar o coração ressecar. Essas pessoas admiráveis se recusam a olhar para o cinza dos túmulos vazios de consciência e teimam em voltar os seus olhos brilhantes para o azul do céu, que, para elas, é verde de esperança e reencontro em florescência.)

WAGNER BORGES

leroys

FLORESCÊNCIA ESPIRITUAL - II

(Nada morre, tudo se transforma...)

O CORPO FÍSICO é um valioso instrumento de aprendizado no plano físico. Nunca deve ser negligenciado em suas necessidades básicas.

Consciências lúcidas sabem que não são apenas o corpo, mas nem por isso menosprezam sua natureza física. Sabem que o veículo físico é emprestado pela Mãe-Terra para uma etapa de desenvolvimento e, ao final, deverão devolvê-lo ao seio terrestre que o gerou.

Há pessoas que estudam temas espirituais e não lidam bem com o próprio corpo. Algumas delas consideram o corpo como algo sujo ou denso demais.

Entretanto, o que parece estar sujo é o discernimento delas. Renegar o corpo não é sabedoria espiritual, é imaturidade mesmo. Significa fugir da vida e não valorizar o dom da existência na Terra.

Se estamos por aqui, com certeza é porque precisamos da experiência fornecida nesse plano de manifestação. E o corpo é o veículo emprestado pela natureza para essa finalidade.

Somos consciências espirituais em essência, mas, enquanto encarnados na Terra, precisamos cuidar bem do corpo carnal e valorizá-lo como o templo em que nos aprimoramos consciencialmente.

Ao descascarmos para fora do casulo físico, aí sim será hora de voarmos para as estrelas definitivamente. Até lá, sejamos felizes aqui mesmo, pelo tempo que ficarmos. Vamos aproveitar nossa vinda ao planeta para aprender tudo o que for favorável ao nosso progresso como espíritos imortais na carne.

Não é fácil viver, mas é preciso seguir sempre em frente, sem medo e sem negações absurdas da vida. O corpo não é problema, pois é um elemento denso da natureza terrestre, nem bom, nem mau, apenas natural. O problema real é a nossa imaturidade e os nossos apegos e mágoas, que sempre desgastam o corpo, por repercussão direta, e ainda nos deixam enrascados espiritualmente.

Não é fácil viver por aqui, eu sei, mas é o que temos no momento. Então, vamos fazer da vida o melhor possível dentro das condições de cada situação. A cada dia, um novo recomeço. A cada respiração, a energia da vida florescendo em nosso corpo.

A oportunidade de viver na Terra, nosso lar temporário, é tudo o que temos neste momento. É por um tempo... Até partirmos para os jardins extrafísicos.

Somos consciências extrafísicas, mas não precisamos renegar nosso corpo, da mesma forma como não precisamos ir ao cemitério para visitar antigos corpos sem consciência.

O amor é um estado de consciência interior. É dele que surge a alegria que faz os olhos brilharem muito. Daí, sob o seu comando, a *aura* torna-se multicolorida. E dá uma vontade danada de ser feliz e gritar para o mundo que a morte não existe e que vale a pena viver, mesmo em meio a tantas coisas pesadas que acontecem por aqui.

Dá uma vontade danada de escrever sobre o desabrochar das flores e das consciências, da Terra e do Astral.

Tanto "aqui" como "lá", e em qualquer plano de manifestação, com corpo ou sem corpo, é necessário crescer, amar, sorrir e seguir...

Mesmo que ninguém entenda, sejamos felizes.

Mesmo que haja guerra no mundo, pensemos na paz.

Mesmo que haja cemitérios cinzentos, pensemos nas cores da vida.

Mesmo que a tristeza visite o nosso coração nas lides da vida, pensemos no melhor possível para todos os homens.

Mesmo que algumas pessoas de quem gostamos partam para outros planos de manifestação, pensemos em jardins astrais floridos.

Mesmo que nos critiquem por falar de imortalidade da consciência, tenhamos paciência e deixemos o tempo de descoberta de cada um chegar.

Mesmo que o mundo fosse acabar amanhã, ainda seria necessário crescer no dia de hoje.

Mesmo que haja luto no coração das pessoas, pensemos em como a aurora e o crepúsculo são maravilhosos.

Mesmo que nos digam para desistirmos de nossos sonhos e objetivos, admiremos o brilho do luar sereno no firmamento.

Mesmo que os nossos corpos tombem violentamente, vivamos!

Mesmo que tudo pareça estranho em algumas ocasiões, pensemos na florescência de nossas consciências.

Mesmo que alguém nos deseje algo negativo, pensemos em

algo melhor, sempre nos lembrando de elevar os pensamentos ao Supremo Amor.

Mesmo que ninguém entenda, sejamos felizes!

Somos consciências imortais e o luto nada tem a ver com o brilho do Sol.

E aquelas lápides cinzentas nada têm que ver com o brilho dos olhos de quem ama mesmo, independentemente de espaço e tempo.

E o cemitério é apenas o lar das bactérias e dos pequenos seres que habitam a terra, e nada tem que ver com o azul do céu.

Com corpo ou sem corpo, somos a luz imperecível, e isso não se aprende em nenhum lugar, faz parte de nossa própria natureza estelar.

Sim, somos luz viva, manifestando-se na carne, por um tempo de vida...

E nenhum cemitério poderá conter a nossa glória!

Por isso, sejamos felizes!

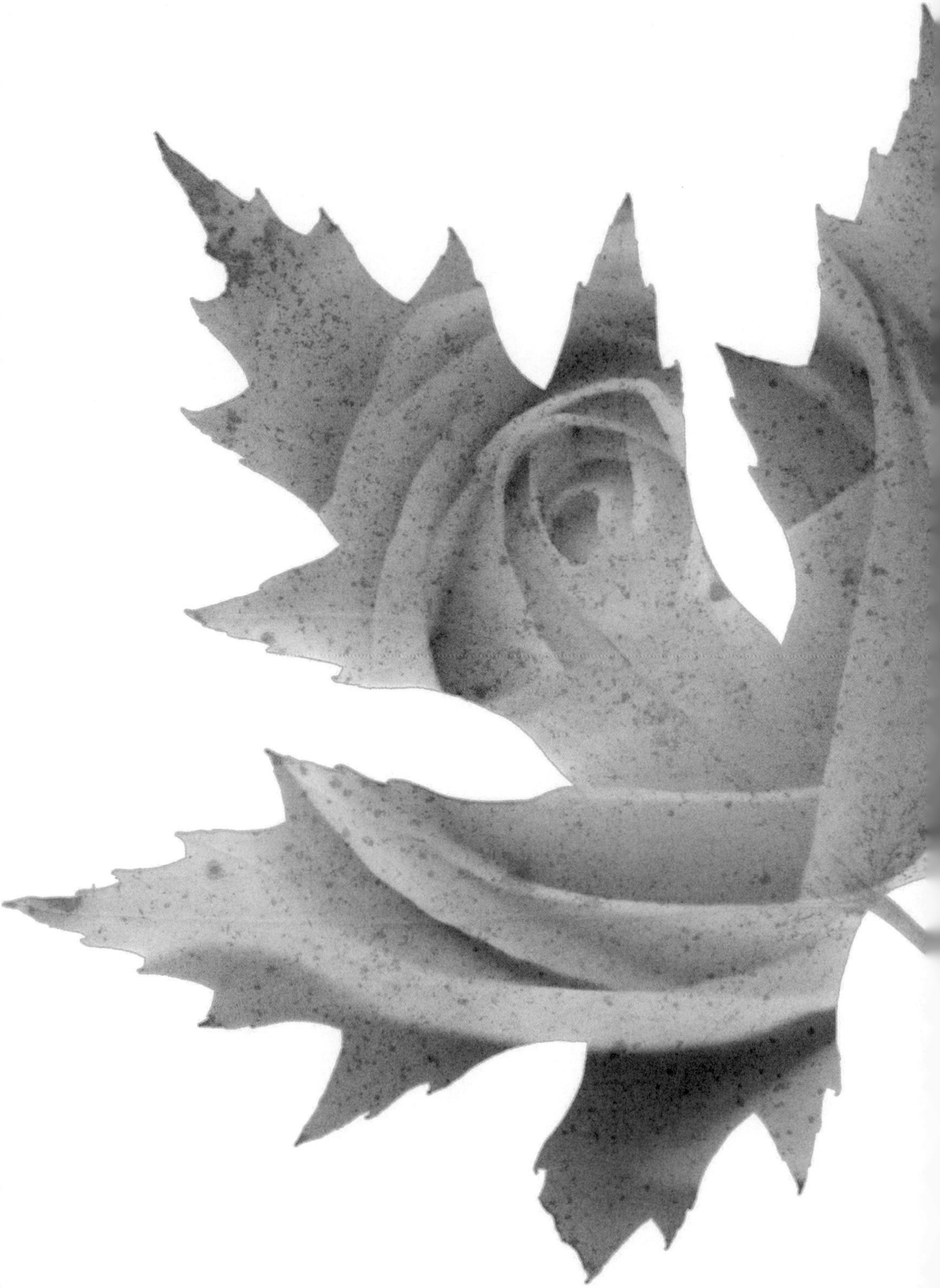

BEM VIVO MESMO

OI, MÃE!

O acidente que me levou embora ocorreu na hora certa do meu destino. Haviam soado as doze badaladas da meia-noite no relógio do meu carma. E eu não morri, apenas me fui, no meu destino espiritual. O acidente não me matou, só me soltou da carcaça física que me segurava por aí. Não vou dizer que foi fácil só para te consolar e te poupar, porque, na verdade, não foi. Sair do corpo abruptamente é sempre uma experiência forte para o espírito, e muitos chegam a ficar aparvalhados durante muitos meses, após a passagem violenta, não obstante a assistência maravilhosa que os nossos amigos espirituais nos dão na difícil adaptação extrafísica.

Mãe, não vou mentir: os primeiros tempos aqui foram bastante difíceis. Na realidade, fiquei puto[24] da vida por ter

---

[24] Mantive a expressão do espírito, pois não costumo alterar a maneira de se expressar de ninguém, como muitos médiuns presos a condicionamentos bolorentos fazem. Os espíritos são apenas pessoas extrafísicas. Comunicam-se usando as mesmas expressões que usavam quando encarnados, como o caso deste espírito em questão.

morrido desse jeito, longe dos meus afetos e enlatado como uma sardinha dentro do carro batido, na escuridão da noite.

Tive toda a assistência espiritual na hora do meu desprendimento do corpo físico e não senti dor. Contudo, não posso negar, tomei um susto enorme e fiquei meio traumatizado, tremendo como vara verde na ventania. Lembrei-me de ti e tremi mais ainda, pensando no sofrimento que passarias quando soubesses que teu filho havia sido amassado num estúpido acidente de carro. Fiquei muito aflito e sei que o teu coração sentiu a minha aflição, de alguma maneira, pois parece que o coração das mães é dotado de um sexto sentido especial, que as leva a sentir os filhos onde quer que eles estejam.

Fiquei frustrado por não poder avisar ninguém, por nem mesmo poder me despedir de todos aí. Aliado a isso, senti-me invadido por um forte sentimento de decepção por ter morrido tão cedo e tão cheio de sonhos. Lembrei que, desde a adolescência, fervilhavam em mim dois sentimentos distintos: por um lado, eu sonhava em viver bastante; entretanto, havia também uma forte nostalgia escondida em mim, que, por vezes, tu notavas através da tua intuição de mãe. É como se, no âmago de meu ser, eu sentisse que o meu tempo na Terra seria curto. E hoje posso te falar, com conhecimento de causa, que, nos recônditos da tua alma, tu também sabias disso. É que, sabes como é, quando a gente fica encarnado, esquece tudo, sonha muito, até que o carma vem nos despertar. E tu sabes que a minha morte não despertou só a mim, mas muito mais a ti, que sofreste muito, eu sei. Todavia, olhando-te hoje, vejo que amadureceste tanto com isso! Fora todo o caminho espiritual que descobriste nesses anos todos.

Fazendo uma comparação, a minha morte foi como a de um pássaro que, aprendendo a dar os primeiros voos, repentinamente despencasse do galho e quebrasse a cabeça no chão. Ótima analogia, não? Pois foi isso que me aborreceu bastante no início. Não tive tempo de aprender a voar direito na vida. No entanto, olhando por outro lado, se não voei direito na vida, podes ter certeza de que voei para fora do corpo e estou BEM VIVO MESMO! Levei um tempinho para me estabilizar aqui, mas, logo que me aprumei, entendi que os sonhos da vida são transitórios mesmo. Além disso, não adianta chorar pelo leite derramado. O negócio é pegar um pano e enxugar. E é por isso que agora, quando se completam nove anos da minha passagem, venho, com o pano do meu afeto, enxugar as tuas saudades.

Não venho como espírito, mas, sim, como o teu filho querido.

Depois desses anos todos, aquela nostalgia que eu tinha em vida se esvaiu. Estou mais solto e como dou risadas com a turma daqui!

Mãe, se tu me encontrasses espiritualmente hoje, certamente me acharia muito mudado. O teu filho, que foi na Terra um "pássaro meio triste", é, hoje, um "garboso espírito alegre". Espero que tu te alegres também.

Quando a saudade te pegar, lembra-te de que não és a primeira nem a última mãe que perde um filho. Há muitas outras, todos os dias, por todo o planeta. Se puderes, ajuda aquelas que te procurarem e usa o "pano da tua experiência" para consolá-las e enxugar as suas dores.

Faze-as lembrar-se de Maria, a maravilhosa mãe de Jesus, que perdeu, em vida, o melhor filho de todos. Orienta-as para a leitura espiritualista e, principalmente, ensina-as a não se lembrar dos filhos através dos seus pertences. Ensina-as a sentir os filhos, não através da lembrança que vive no cérebro frio de amor, mas, sim, no calor do coração que pulsa e sente, e sabe, lá no íntimo, que ninguém morre mesmo.

Do lado de cá, nós, os filhos, também pulsaremos os nossos sentidos espirituais por todas as mães do mundo. E, no devido tempo, longo para alguns e curto para outros, nós, os filhos, e vocês, as mães, nos encontraremos nesses caminhos maravilhosos da imortalidade que Deus nos deu.

Por enquanto, que as mães prossigam vivendo e aprendendo, desenvolvendo a paciência e a compreensão, respeitando os desígnios cósmicos e preparando-se, pois nós, os "FILHOS VIVOS", esperaremos por todas com um grande abraço de luz.

Acho que já escrevi demais, mãe, mas estes escritos vão ajudar a tantas pessoas que eu não poderia perder a oportunidade que os meus instrutores espirituais me deram hoje.

Estou escrevendo tudo isso e escutando uma música do Yes[25] ao mesmo tempo. Que legal, hein?

Dize ao pai para se cuidar e ficar mais calmo. Às vezes, ele parece um "buldogue irritado" e fica reclamando de tudo. Isso é muito ruim para o coração, o sangue e o fígado. Conta isso a ele e, se ele não acreditar, paciência. Diga à mana que estou torcendo pelo sucesso do filho dela.

Um grande abraço para todos da família.

Mãe, uma última coisa: mostra estes escritos para o meu amigo Luís, pois ele precisa ler isto[26].

Um grande abraço.

---

25 Yes: banda inglesa de *rock* progressivo. No momento em que eu recebia a mensagem do rapaz, rolava no som uma fita do Yes, banda que eu adoro e de que ele também gostava (e, pelo jeito, continua gostando).

26 Cortei alguns trechos desses escritos, pois são de cunho pessoal dos familiares e não necessários para a compreensão do conteúdo do texto. Várias informações (com detalhes de conhecimento só da família, e que eu desconhecia) foram confirmadas posteriormente.

P.S.:
Digo-te mais uma coisa: o Sol está gostoso, o movimento das folhas das árvores, ao sabor do vento, é belo e eu estou indo sem saber quando volto, mas muito alegre de poder ter escrito tudo isso[27].

Estou VIVO, VIVO, VIVO...

PAULO
(Recebido espiritualmente por Wagner Borges)

MOVIMENTOS DA ALMA – V

Perceba o essencial:
Nada morre. Tudo vibra. E tudo vive!
Sinta o seu coração pulsando, respire,
Olhe o sol e veja a vida à sua frente.
Há movimento chamando-o.
O ser amado que partiu também está vivo,
Evoluindo no Astral, pois lá também há movimento.

---

[27] Esta mensagem foi recebida num contexto muito particular (pela minha amizade com a família, e também devido ao fato de termos realizado diversos trabalhos espirituais juntos) e está sendo publicada neste livro porque poderá ajudar a muitas outras pessoas que também perderam pessoas queridas. Detalhe: eu não cheguei a conhecer o rapaz em vida, mas, após ficar hospedado, por diversas vezes, no quarto que lhe pertencia, acabei por encontrá-lo fora do corpo por algumas vezes, e aí, ele sempre enviava um toque espiritual para a mãe. Na ocasião em que recebi essa mensagem extensa dele, já havíamos feito amizade e, aí, o contato ficou mais fácil. Hoje está bem mais complicado chegar nele, pois, segundo informações dos amparadores espirituais, ele está muito ocupado em diversas atividades de responsabilidade no plano extrafísico.

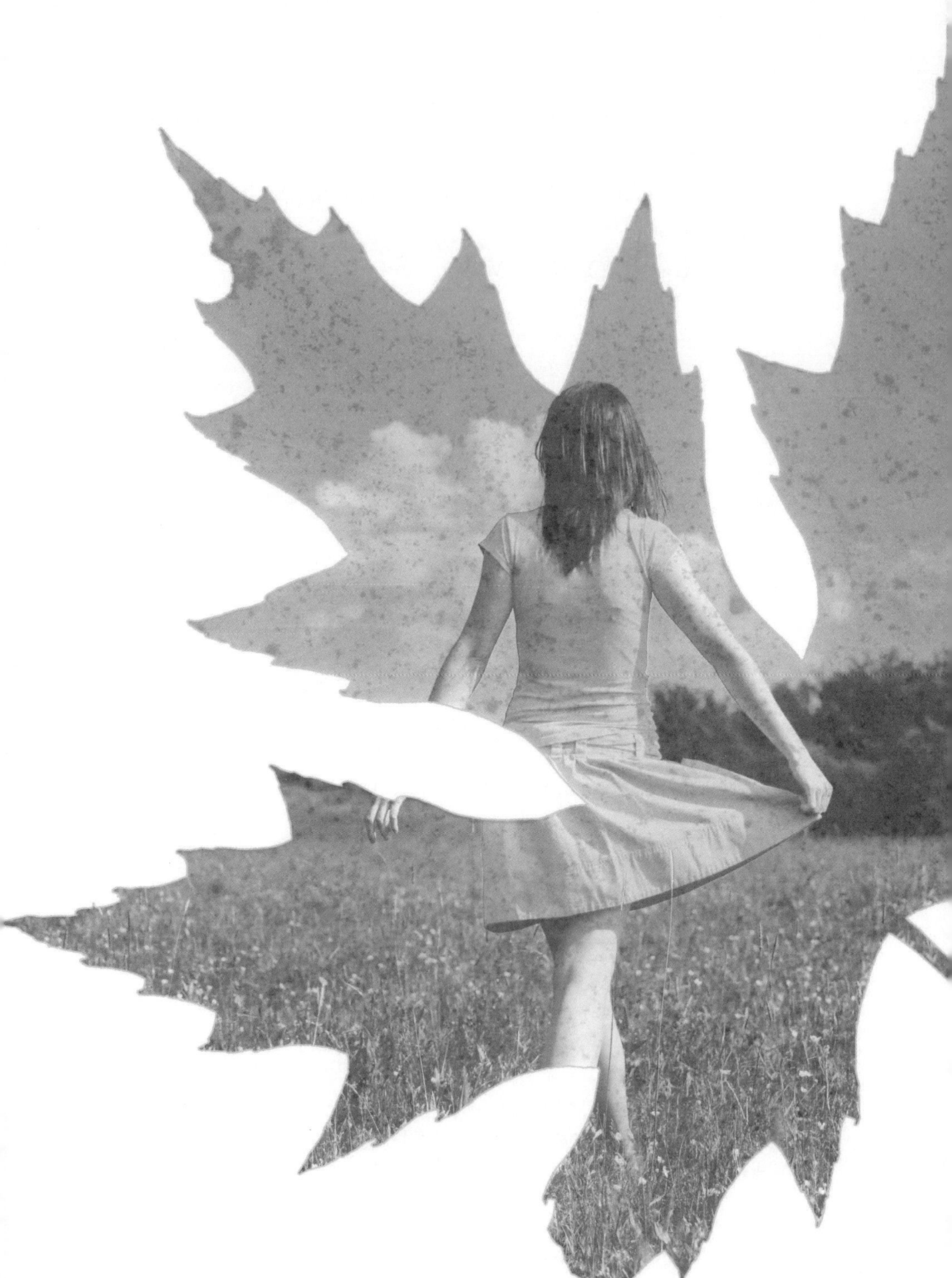

OPERAÇÕES CONSCIENCIAIS

AH! Aquelas feridas que não saram...

Aqueles sentimentos que surgem repentinamente, não se sabe de onde.

Aquelas ondas estranhas que sabotam nossas melhores possibilidades.

E, com isso, aqueles caras extrafísicos, também estranhos, que grudam como chiclete em nossas auras.

Nós e eles somos vítimas da mesma coisa estranha: nossas emoções mal resolvidas que nos levam à inércia consciencial.

Enquanto deixarmos tais coisas comandarem nossos rumos, seremos presas fáceis de várias encrencas.

Enquanto não priorizarmos o bom senso em nossas escolhas e nossos rumos, seremos bombardeados por nós mesmos, por dentro, nas ondas do furacão que criarmos.

Somos meio sabotadores de nós mesmos e também dos outros.

O nosso ego nos diz que somos muito especiais, mas, no dia em que nascemos, não foi feriado no Universo. E, no dia em que partirmos definitivamente da Terra, também não será feriado no Universo.

Carregando emoções estranhas, como podemos ser especiais?

Acolhendo encrencas e deixando-nos levar por elas, como decolar espiritualmente?

Permitindo a violência em nossos propósitos, como dizer que estamos caminhando bem?

Uma pergunta se faz necessária aqui:

Se estudamos temas conscienciais profundos, como é possível que ainda carreguemos tantas tralhas em nossos corações?

O fato de estudarmos tais temas, por si só, já seria um dos grandes motivos para sermos muito gratos ao Grande Arquiteto do Universo e sermos felizes, pois somos agraciados com muitas coisas legais e úteis no contexto de nossas vidas.

Por que somos estranhos se somos felizardos pelo fato de tanta luz estar chegando às nossas vidas?

Sabemos que a morte não pode tocar a nenhum de nós em espírito, nem aos nossos entes queridos. Então, por que as emoções estranhas sempre se apresentam nos momentos de perda?

Aliás, que perda, já que nada nos pertence mesmo?

Na natureza das coisas terrenas, há coisas que ficam por um tempo, outras por um tempinho e outras mais por um tempão, mas tudo passa!

Tudo por aqui é transitório, inclusive a nossa própria vida.

A característica principal da existência terrestre é a impermanência, nada é para sempre por aqui, tudo muda.

Logo, somos passageiros no planeta e há outros rumos além...

A partir disso, podemos pensar em como é estranho permitir emoções daninhas, pois elas se baseiam sempre em coisas transitórias.

O apego, então, é pura ilusão, já que nada é nosso mesmo em definitivo, nem mesmo o corpo físico.

Inveja, arrogância, tendência a perder as estribeiras, medo e tantas outras coisas estranhas que deixamos chegar a nós, nem têm mais motivo de existir, quando nos tocamos da transitoriedade das coisas.

Então, por que as emoções estranhas ainda estão presentes em nós?

Talvez seja por causa de vidas passadas ou de coisas da infância, por exemplo, mas, ainda assim, a solução é a mesma para o caso: altas doses de bom senso e ponderação em tudo.

Investigar, com o escrutínio do discernimento, o porquê de aquilo se apresentar em dado momento ou o porquê de tal emoção sempre cruzar o coração em determinadas situações.

Meditar e observar o que se passa na mente e no coração, como se fôssemos um observador de fora daquilo.

Lembrarmo-nos mais de que somos espíritos imortais e que não atravessamos as jornadas das existências seriadas sozinhos, pois muitas consciências extrafísicas nos acompanham de outros planos e torcem para que despertemos conscioencialmente.

Além disso, podemos nos lembrar daqueles que a vida colocou no nosso perímetro existencial e que também torcem por nós: os nossos entes queridos, que podem ser nossos amigos sinceros ou nossos parentes imediatos.

Na Terra ou no Astral, somos os mesmos. E precisamos cortar, com o bisturi do discernimento, as nossas emoções estranhas, sem reprimi-las, mas transformando-as em estímulo criativo que nos leve para a frente...

Somos cirurgiões de nós mesmos.

Então, que tal operarmos os nossos tumores emocionais?

Que tal extirparmos os cancros de nossas mágoas?
Que tal dissolvermos as crostas da estagnação de nossas ideias?
Que tal despertarmos para o imenso potencial que temos?
Que tal deixarmos de ser estranhos?
Que tal pensarmos nisso?
Que tal sermos felizes?
Paz e Luz.

WAGNER BORGES

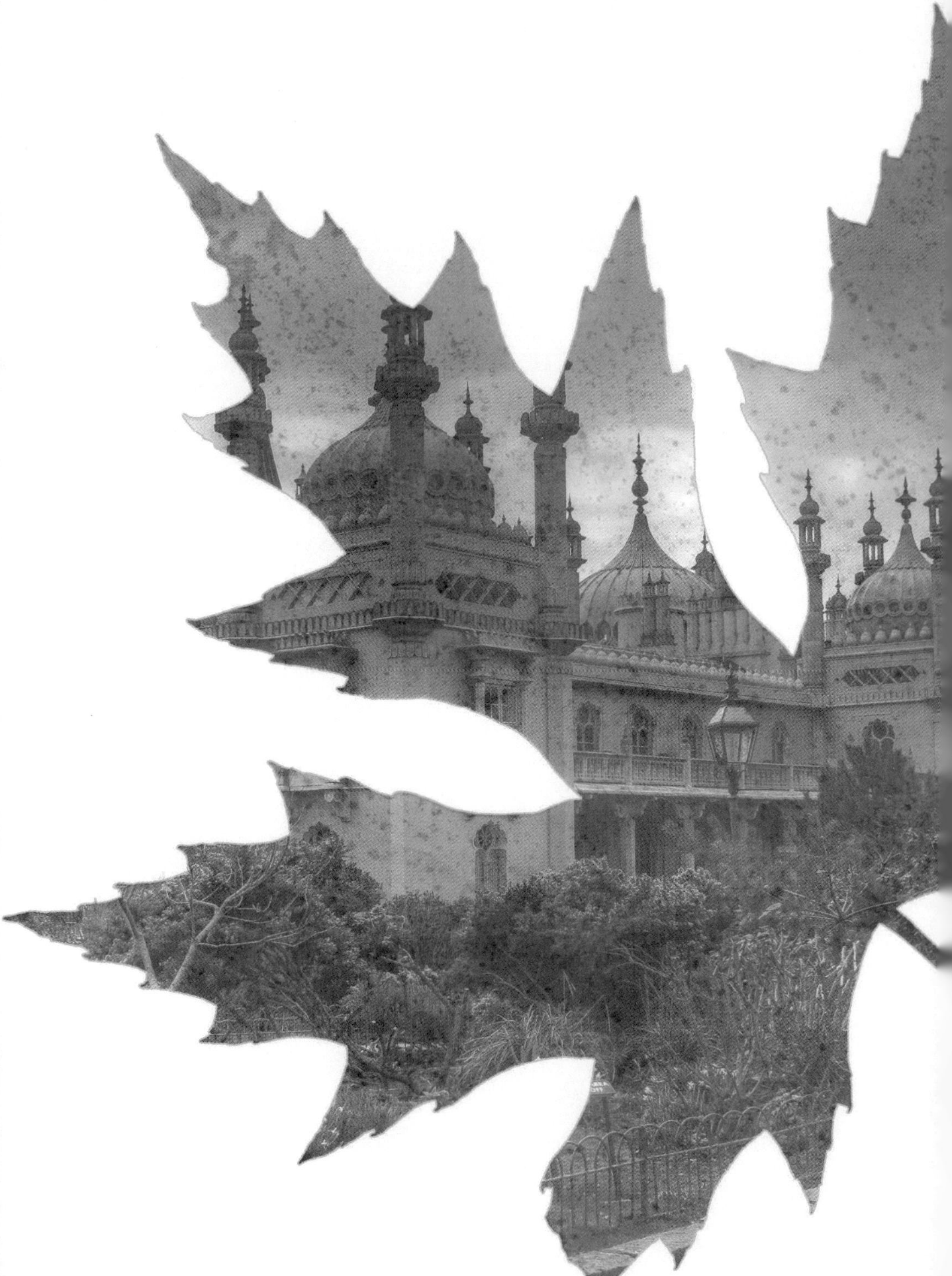

COMPREENDA...

Compreenda... que você é uma consciência imperecível.
Compreenda... que viver é importante para aprender e crescer.
Compreenda... que tudo passa, e importante é a lição que fica.
Compreenda... que "não vale a pena ganhar o mundo e perder a alma".
Compreenda... que a verdadeira prosperidade é o equilíbrio de corpo e alma.
Compreenda... que o céu e o inferno são portáveis, estão dentro de cada ser.
Compreenda... que é o amor o que dá graça às coisas da vida.
Compreenda... que o espírito não nasce nem morre, apenas vive, sempre!
Compreenda... que não adianta uma roupa brilhante se o olhar é opaco.
Compreenda... que espiritualidade não é religião, mas um estado consciencial.
Compreenda... que passos levianos não trilham caminhos profundos.

Compreenda… que há um AMOR IMANENTE que o ama profundamente.

Compreenda… que suas energias revelam o que você pensa e sente.

Compreenda… que quem planta pimentas jamais poderá colher morangos.

Compreenda… que a ignorância é a grande dor que aflige o ser.

Compreenda… que a ignorância termina onde começa o conhecimento.

Compreenda… que a ignorância tem um fim, mas o conhecimento não!

Compreenda… que vale a pena viver, vale a pena ter vindo à Terra.

Compreenda… que a Mãe-Terra o recebeu de braços abertos. Honre-a!

Compreenda… que há um Himalaia inteiro dentro de você. Escale-o!

Compreenda… que os grandes mestres ajudam em silêncio.

Compreenda… que o nascer do Sol não faz barulho.

Compreenda… que o despertar da sua consciência é igual ao nascer do Sol.

Compreenda… que ser iniciado na LUZ demanda responsabilidade luminosa.

Compreenda… que há uma canção sutil. Escute-a!

Compreenda… que há coisas que não se entendem, só se sentem!

Compreenda… que há um AMOR que o compreende. Aceite-o.

Compreenda… que você não pode ser enterrado ou cremado. Você é espírito!

Compreenda… que, no escuro da caverna, foi a Mãe Divina que o guiou.

Compreenda... que há vozes sutis que revelam coisas maravilhosas no coração.

Compreenda... que há amigos invisíveis que o inspiram. Sintonize-os!

Compreenda... que, quando há arrogância, desaparece a simpatia.

Compreenda... que todos os seres, você e eu, somos COMPREENDIDOS!

Compreenda... que o AMOR QUE AMA SEM NOME compreende.

Compreenda... que vale a pena viver, para sempre aprender!

Compreenda... Compreenda... Compreenda...

(Estes escritos são dedicados ao escritor, filósofo e iniciado espiritual Paul Brunton[28].)

Paz e Luz.

WAGNER BORGES

---

[28] Paul Brunton (1898-1981): brilhante jornalista inglês e pesquisador de temas conscienciais, com diversos livros publicados.

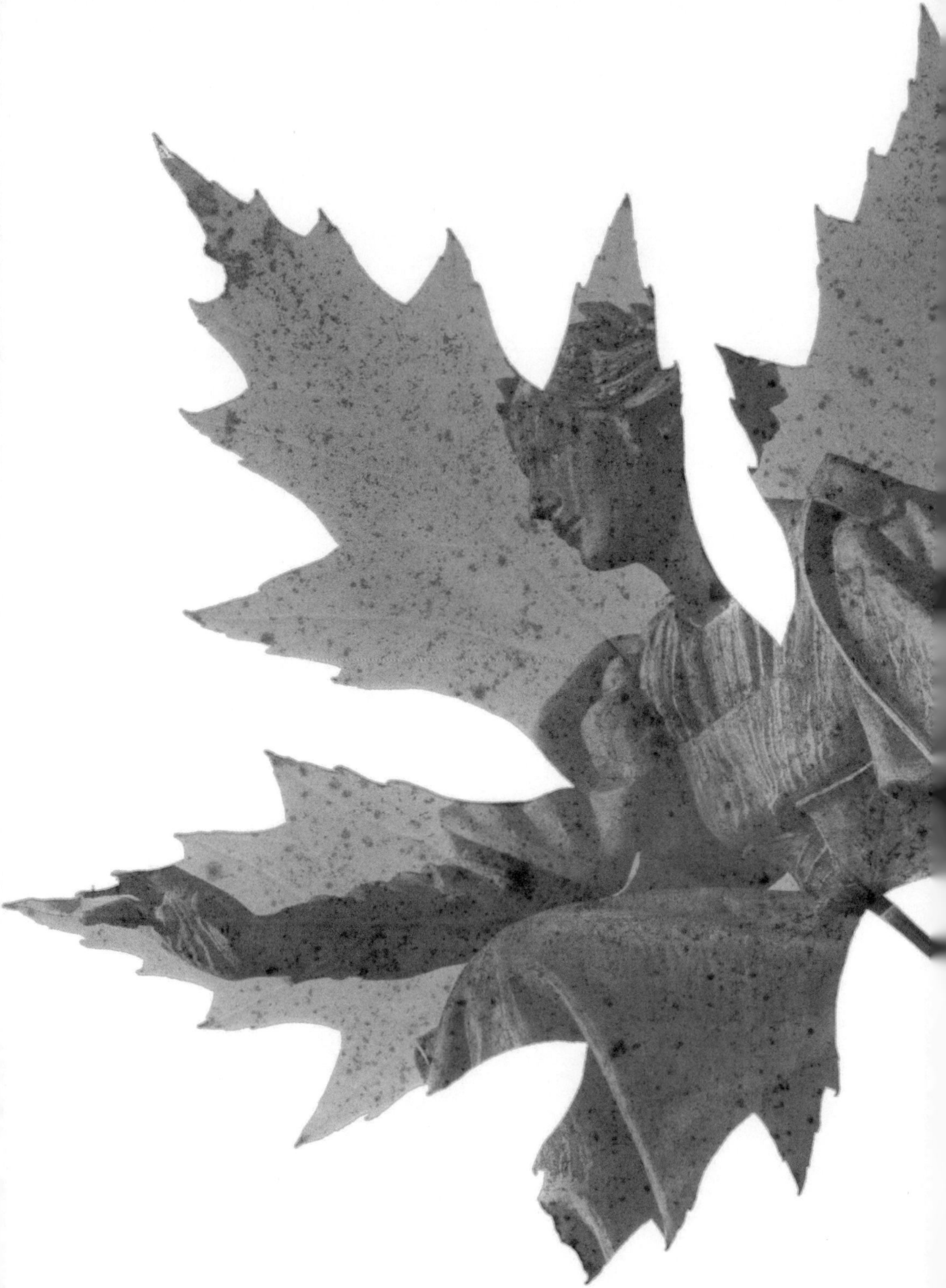

NOS BRAÇOS
DO AMOR QUE GERA A VIDA

MÃE DIVINA,

Outrora, movido pela arrogância, entrei em um dos seus templos sagrados e nem sequer tirei o calçado.

Entrei e pisei forte, para chamar a atenção. Precisava ser durão diante dos meus asseclas. Entretanto, a minha realidade era outra, bem diferente do que eu mostrava.

Escondida dentro do brutamontes arrogante havia uma criança chorando, perdida no mais triste dos mundos: o meu interior.

Eu carregava um mar de agonia por dentro.

Entretanto, não houve muita ligação entre nós, não é, Mãe?

Que linha poderia unir a sua serenidade com a minha turbulência?

Eu era só gritos de arrogância e você era só silêncio sereno. Contudo, mesmo sem que eu merecesse, senti algo que nunca havia sentido.

Alguém invisível me abraçou em silêncio no seu templo e

algo terno me tocou profundamente. Nesse instante, a criança se aquietou e, pela primeira vez, em muito tempo, eu senti paz.

Saí dali desnorteado, querendo chorar quieto, mas não podia demonstrar isso para os meus homens. Fingi ser durão e me escondi dentro da casca grossa que criei para andar no mundo.

Mãe, nunca mais me esqueci do toque terno do invisível que atingiu minha criança interior naquele dia.

O tempo passou e a roda da vida me girou muitas vezes...

Na realidade, emaranhei-me todo no cipoal das emoções desencontradas.

Bati e apanhei, amei e odiei, houve vezes em que fugi de medo e outras em que lutei corajosamente. Matei muito e também morri, muitas vezes... E renasci...

Recentemente, no ocaso de minha última existência, em que drenei, na carne, pela doença e por muitas provações, muitos dos sofrimentos que causei no passado, resgatei na dor o meu fel!

Pertinho do fim, já desgastado de tanta dor, senti um toque terno invisível. E algo estalou imediatamente em minha mente: eu conhecia aquele toque! Era o mesmo toque daquele dia em seu templo.

Dentro do corpo enfraquecido, o meu espírito lembrava. E, logo depois, fui embalado por uma onda de amor sereno, que me ergueu no ar, acima do corpo já parado. Adormeci embalado em doces harmonias, feito criança no colo da mãe.

Tempos depois, já desperto numa casa de recuperação no *Astral*, um de seus trabalhadores espirituais aproximou-se de mim e disse:

"Você resgatou muita coisa, hein?

Desde aquele dia no templo da Mãe Divina, naquela sua vida furiosa, que estamos de olho em você. A Mãe nos ordenou que o seguíssemos, vida após vida, até o momento do despertar. No abraço sereno daquele dia, Ela operou uma sutil transformação em seu coração.

Por Sua graça, Ela plantou pequenas sementes de luz em seu espírito, para que germinassem novos rumos ao longo do tempo e guiassem os seus passos para longe da violência.

Naquele dia, Ela não viu o brutamontes, Ela viu a criança de dentro, chorando perdida na escura noite do seu orgulho.

Ela não julgou o homem violento, apenas sintonizou a criança.

De lá para cá, muitas coisas lhe aconteceram, até essa última existência de resgate dolorido.

A Mãe Divina quer ver se suas sementes germinaram. Você gostaria de trabalhar em nossa equipe, ajudando a outros que estão sofrendo na jornada? Que tal agradecer o toque da Mãe tocando a outros que vivem nas trevas da violência? Você gostaria de ver essas sementes luminosas crescendo em favor dos outros?

Se desejar isso, de coração, você poderá aprender muitas coisas e ser feliz.

Servir ao mundo no silêncio que ama e ajuda os homens é servir à Mãe Divina!"

Então, aceitei o convite, contente pela oportunidade.

Agora é a hora do meu treinamento e seguirei para aprender a germinar as sementes luminosas da Mãe, na hora certa, em favor de todos.

Pela graça desses trabalhadores da Mãe, seguirei para uma escola do *Astral*, onde aprenderei a ser benfeitor do anônimo.

Seguirei para a escola de semeadores do amor...

Por esse motivo, antes de seguir, os meus amigos me

pediram para dar o meu testemunho aos homens, para alicerçá-los na certeza de que até mesmo os brutamontes casca grossa recebem o amparo na hora devida.

Mãe, com o apoio desses amigos, vim aqui para que um dos seus meninos trabalhadores na Terra transcreva os meus pensamentos e leve-os ao conhecimento de quem seja devido.

Agora a minha criança está em paz, pois o casca grossa se foi.

Ficou apenas um menino, que agora também é seu trabalhador.

Mãe, obrigado por me resgatar.

ANÔNIMO
(Recebido espiritualmente por Wagner Borges)

P.S.:
Estes escritos foram recebidos no quadro de aula do salão do IPPB, diante das 40 pessoas participantes do curso *Om Sattva* (sobre temas *hindus*).

Esclareço aos leitores que a onda de amor que chegou com o depoimento desse espírito foi um negócio de derreter o chacra cardíaco. Ao mesmo tempo, os chacras da cabeça (coronário e frontal) vibravam muito e a aura se dilatou consideravelmente.

A onda de amor era algo grandioso, era "muita areia para o meu caminhão carregar".

Ser o repassador de algo assim me deixa muito agradecido ao Todo, ainda mais sabendo que outras pessoas captarão o teor espiritual da mensagem corretamente e refletirão nessa sintonia consciencial profunda. Sinto-me agraciado pela oportunidade, não pelo meu ego, mas pela presença de amor que sinto nesses acontecimentos anímico-mediúnicos.

Depois de três décadas trabalhando e estudando os temas espirituais diretamente, ainda me sinto com a alegria do aprendiz ao passar por uma experiência dessas.

Não há nada que me deixe mais contente do que estar com os *chacras* pulsando de energia na sintonia de algum lance espiritual legal. Fico feito criança, empolgado mesmo, às vezes por um lance simples como um projeção extrafísica no próprio quarto de dormir, ou somente pelo fato de ter sentido ou visto algo espiritual.

Que alegria, depois de tantos anos de "rodagem espiritual", ainda me emocionar com essas coisas da alma e estar com os olhos brilhando só de pensar, falar ou escrever sobre isso.

E o melhor: com vontade de fazer cada vez mais e melhorar a cada dia.

De coração, também digo: Obrigado, Mãe Divina!

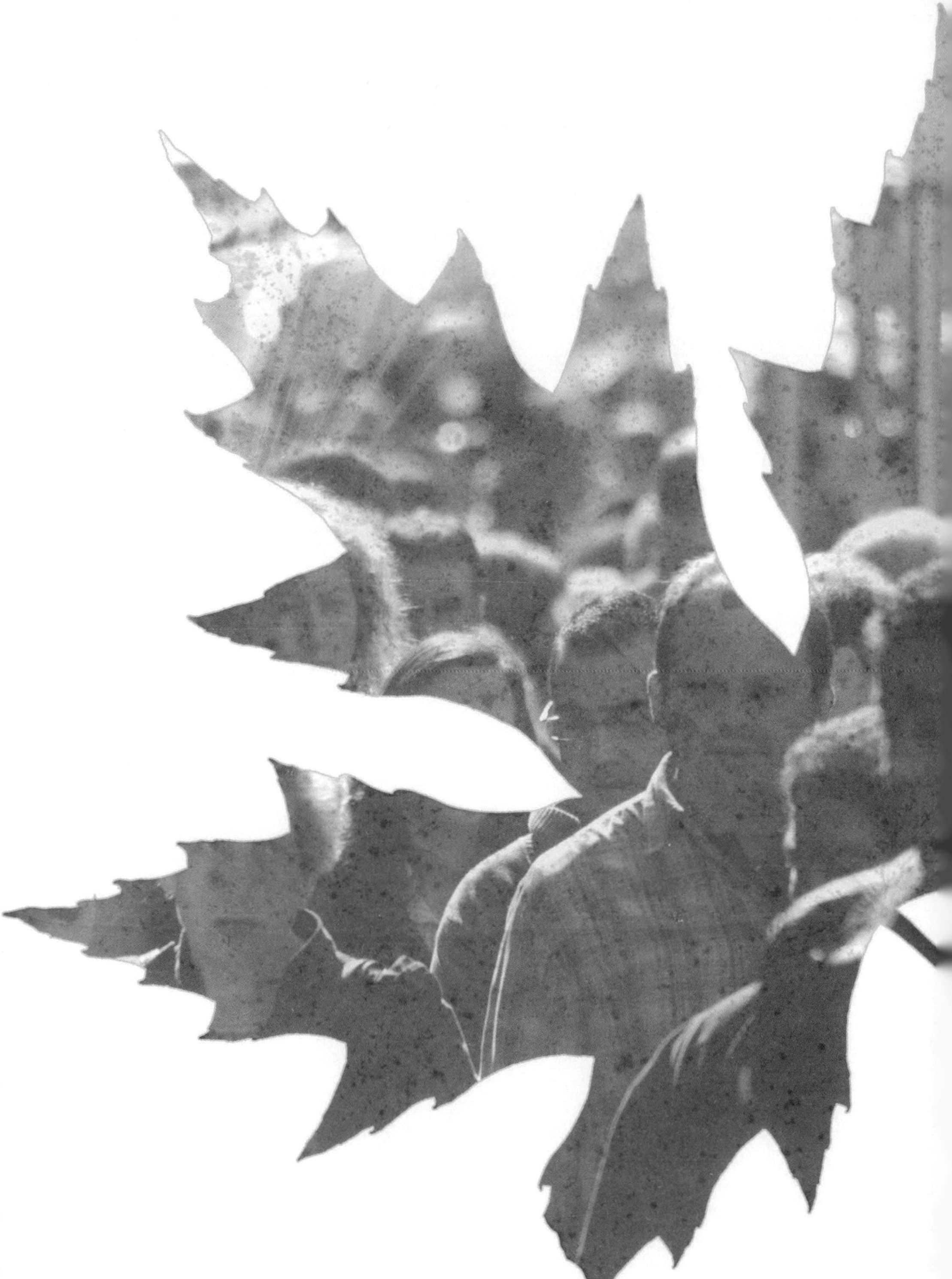

CARTA ESPIRITUALISTA

ESPERO QUE, neste momento, você esteja firme, de pé, irradiando beleza por todos os poros. Desejo que não esteja vestindo o luto como uma segunda pele.

Torço para que, espiritualista que é, não esteja encharcando sua vida com choro desnecessário e confuso.

Lembre-se de que o desequilíbrio emocional e a tristeza não permitem que haja a cicatrização das feridas internas da alma.

Honre a memória do seu marido com o que ele gostaria que você fizesse, ou seja, toque a vida e eduque sua filha!

Recupere o seu sorriso e veja o lado positivo das coisas. Seu marido descobriu, na prática, o segredo da vida após a morte. Pense no que ele deve estar aprendendo agora, neste mesmo instante, e lembre-se da cuca boa que ele tem.

A vida é uma constante oscilação interplanos. Alguns vão (seu marido), e outros vêm (sua filha). Com o passar do tempo, outros mais entrarão nessa dança evolutiva chamada nascimento, morte e renascimento, inclusive você mesma (e eu também).

O importante é aprender com essa oscilação.

Ninguém morre mesmo, só trocamos de plano vibracional.

Devíamos ter bastante certeza disso. Já desencarnamos tantas vezes em outras vidas!

É muito estranho que o ser humano ainda não tenha se acostumado com a ideia de que aquilo que nasce, um dia, fatalmente, chegará ao fim de seu ciclo no intrafísico.

A maioria das pessoas não admite falar sobre a morte, mas ela está por aí, é companheira inseparável de tudo o que está vivo neste plano. Aliás, a coisa mais certa na vida é a morte, pois só desencarna quem está vivo encarnado.

Não é um paradoxo interessante saber que, para morrer, basta apenas nascer?

Cada segundo que vivemos, cada golfada de ar que aspiramos é um passo para a morte, pois, enquanto vivemos, vamos envelhecendo fisicamente e nos aproximando do confronto derradeiro com ela.

Para alguns, ela aparece prematuramente; para outros, ela não tem pressa. De qualquer maneira, cedo ou tarde, naturalmente ou por acidente, suave ou violentamente, ela marcará sua presença.

Morrer é inexorável. Se me permite fazer uma redundância, posso dizer que a morte é a "certeza fatal" da vida.

Nada podemos fazer quanto a isso. É um ciclo imposto pela natureza e devemos conviver com ele da mesma forma como convivemos com outros ciclos naturais aos quais estamos submetidos.

Contudo, somos espíritos imortais e já sabemos disso. Portanto, em lugar de só chorar e sofrer com a perda temporária, que tal enfrentarmos o nosso apego e trabalharmos com o discernimento espiritual em cima?

No íntimo de cada um existe a certeza da imortalidade do próprio espírito. E no coração mora a intuição. É hora de deixá-la guiar os seus passos. Entretanto, para que ela possa fluir livremente, é necessário que haja calma nos pensamentos. Uma mente angustiada não ouve a intuição.

É bom que saiba que o amor e a amizade real são imperecíveis, nem a morte pode tocá-los. Seu marido continua amando você e sua filha. Respeite o momento dele e dê-lhe um tempinho para a adaptação ao seu novo meio ambiente. Amigos reais não lhe faltam por lá.

Não fique com ciúmes, mas talvez agora ele esteja conversando com antigas namoradas e esposas de outras vidas (garanto que você não tinha pensado nisso, não é?).

Leve em conta o meio ambiente do plano espiritual, a riqueza de cores e o contato com os espíritos bacanas e imagine se o seu marido já não estará aproveitando a oportunidade enquanto você está chorando à toa.

Enquanto a maioria dos seres humanos se pergunta o que haverá após a morte, o seu companheiro já sabe.

Em breve, estarei em sua cidade para realizar alguns cursos e palestras. Quando eu chegar, espero revê-la assim:

om muito brilho nos olhos.
om muita energia sadia na aura.
om muito sentimento legal em cada ato.
om muita inteligência nos pensamentos.
om a consciência enriquecida pela experiência.

Não se esqueça de tudo aquilo que você estuda espiritualmente. É hora de colocar em prática o que você sabe. Como diz o Vidigal, um dos espíritos da Companhia do Amor:

"Fique firme e dê uma banana para a morte. A vida agradecerá!"

Um abraço.

WAGNER BORGES

P.S.:

Esta carta foi enviada para uma amiga que perdeu o marido muito jovem, e isso enquanto estava grávida de sua primeira filha, que ele não chegou a conhecer aqui neste plano físico. Um dia, após sua mudança para o "andar de cima", eu vi o ambiente extrafísico onde ele estava e suas condições conscienciais. Ele ficou bem e, cerca de alguns meses depois, apareceu não só para mim, mas também para outros médiuns amigos, sempre de bom humor.

A minha amiga retomou sua vida e seguiu em frente, como deve ser... E continua estudando os temas espirituais, além de criar uma menina, hoje uma moça.

Perder alguém dói muito. Mas perder a capacidade de reação para voltar a viver faz essa dor doer muito mais. Por isso toco, com constância, na questão da sobrevivência do espírito além da ilusão da morte. É a forma que tenho de tentar ajudar as pessoas que estão sofrendo pela perda do ente querido.

Não tenho como dar "pêsames" para alguém, só sei que os espíritos se mandam mesmo e continuam vivos em outros planos vibracionais.

E sei também da imensa responsabilidade de falar ou escrever sobre isso, sempre objetivando levantar o clima psicofísico das pessoas, como manda o discernimento espiritual que guia os meus passos na vida.

Em lugar dos famigerados "pêsames", esclarecimento espiritual direto.

Em lugar de luto, luz em cima.

Em lugar de lamentações que de nada adiantam, ponderações baseadas na Espiritualidade.

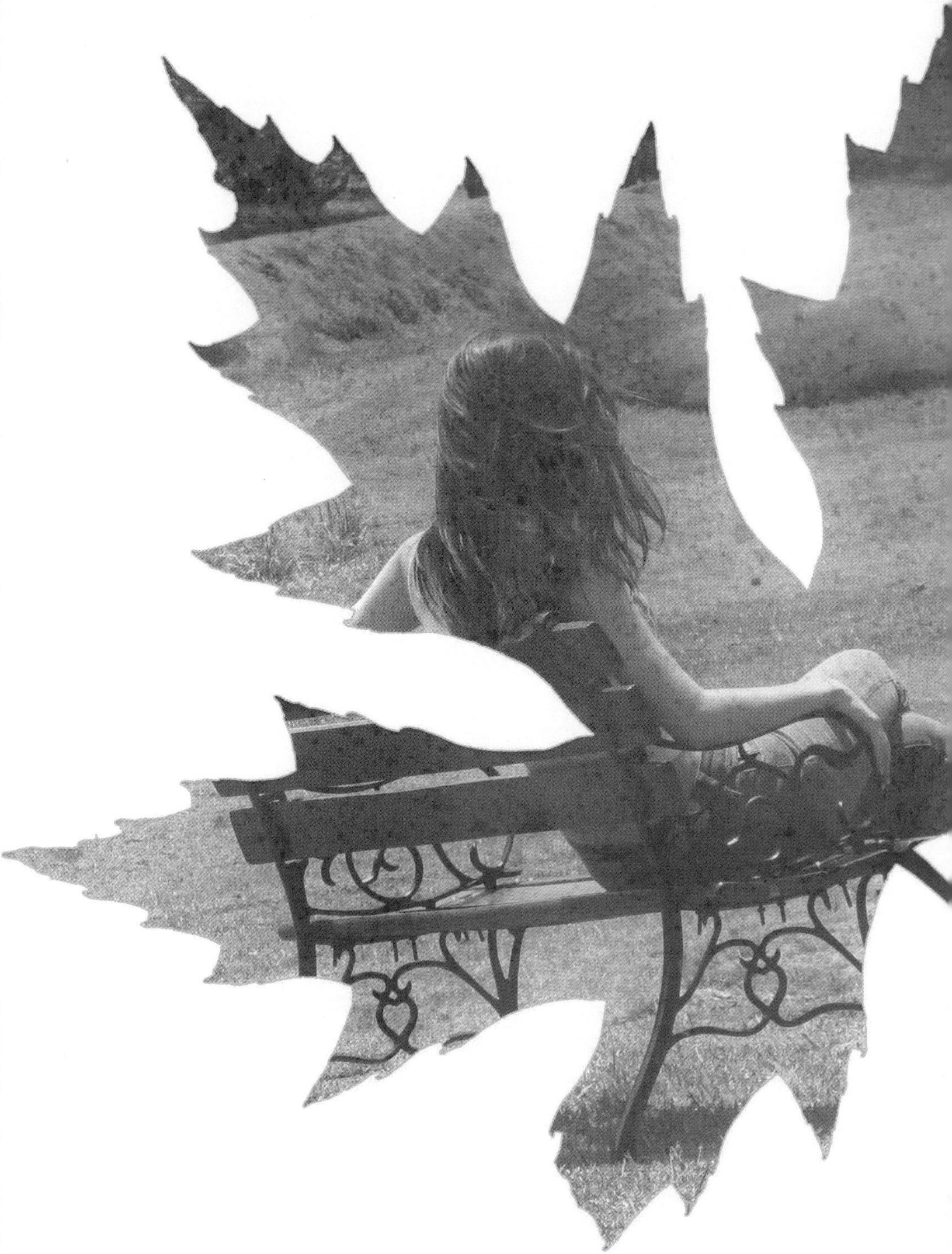

CONSCIÊNCIAS FELIZES: PRESENTES DE LUZ

CARO LEITOR, em primeiro lugar, tenha consciência de que você não é esse corpo denso.

Você é um SER de luz expressando-se por meio de um instrumento terrestre, por um tempo, e de acordo com sua necessidade de aprendizado.

Você não nasce nem morre. É um SER imperecível.

Você já existia antes de o corpo ser formado e prosseguirá vivo depois que ele for desativado. Você apenas entra nos corpos perecíveis e sai deles ao longo da fieira evolutiva.

Você é LUZ! Você é um cidadão do Universo! Você é consciência.

Você é um presente de luz, mas precisa desembrulhar-se do pacote do medo e das amarras do sofrimento. Você não precisa evoluir pela dor, pois tem potencial para crescer pelo uso da inteligência criativa e pelo exercício dos sentimentos nobres em prol de vivências mais progressistas.

Chega de dor! Chega de repetir padrões antigos e desgastados! Deixe o passado de culpa e aproveite só a experiência adquirida.

Renove-se, meu caro!

Evolua por inteligência e amor, seja feliz!

Não deixe as ondas negativas embrulharem o seu presente. Pelo contrário, abra o pacote e revele a sua luz.

Assuma sua condição de canal da vida e cante a glória que você carrega em si mesmo. Não dependa de forças exteriores para exercer o seu direito de ser feliz. Isso é coisa de foro íntimo, intransferível, é estado de consciência interior.

Deixe o peso do passado e eleve-se sobre as cinzas de seus infortúnios anteriores. Flutue, sem culpa e sem julgamento... E tire experiência e siga em frente...

O mundo está cheio de pessoas pessimistas, pois se deixaram embrulhar nas faixas da dor, da culpa e do medo de ser feliz. Deixaram a própria glória ser engolfada pelos apelos infelizes do ego negativo.

Essas pessoas também são presentes de luz, mas se esqueceram disso.

E muitas delas mudam de plano e carregam sua infelicidade para os planos extrafísicos. Choram, após a morte, o tempo perdido em tantas atitudes infantis. Lamentam-se por tantos atos praticados em prol do prejuízo alheio.

Você, que sabe que é ESPÍRITO DE LUZ, lembre-se dessas pessoas do Mundo Terreno e do Mundo Astral. Abra o seu pacote e compartilhe sua luz com elas.

Jamais as julgue, apenas abra o pacote e deixe a LUZ despertá-las.

Você, que é um presente consciente e que sabe de sua real natureza, faça a sua parte: irradie sua luz por todos os poros do corpo, expanda seus pensamentos e sentimentos em todas as direções e comunique sua felicidade a todos os seres da Criação.

O passado se foi e, com ele, a culpa e a dor; e o futuro depende de suas ações presentes. Logo, é o presente que interessa, pois é nele que se corrigem as falhas anteriores e é nele que se forja o futuro mediante ação sensata e criativa.

Por isso, não seja um viajante do tempo, indo para a autoculpa do passado ou para a ansiedade de um futuro que ainda não existe.

Esteja presente no presente. E seja um presente, sempre!

Limpe a mente e o coração, flutue na glória... E seja feliz!

Perdoe e perdoe-se também.

Quando a alma é generosa, tudo se transforma em presente.

Você merece ser feliz: ABRA O PACOTE!

Você é LUZ: não permita que as atitudes mesquinhas (as suas e as dos outros) diminuam o seu brilho.

Você depende de si mesmo para ser feliz; a vida é sua!

Você é amado por outras consciências (encarnadas e desencarnadas), que também são presentes e abriram os seus pacotes luminosos. Honre esse amor e faça-os mais felizes, sendo, você mesmo, mais feliz.

Você é um espírito, mas jamais se esqueça de agradecer à Mãe-Terra pelo valioso instrumento de aprendizado que ela lhe emprestou por um tempo. Trate bem do seu corpo e honre-o como a Morada do Supremo.

Você sabe que tem muito a aprender, mas também já sabe que é um presente celeste aberto no mundo. Agradeça ao Alto pelo despertar.

Você sabe: quando a alma é generosa, o amor acontece e tudo se transforma. O passado deixa de ser um peso, a ânsia desaparece e o presente se faz presente.

Você sabe: ninguém nasce, ninguém morre. É só a luz que entra e sai.

Você sabe: paraíso e inferno são estados de consciência, cada um carrega o seu dentro de si mesmo.

Você sabe: não é o planeta ou o corpo que o prende espiritualmente. São suas culpas, seus medos e seus dramas que lhe causam dor.

Você sabe: há seres invisíveis bondosos que ajudam sutilmente. Mas também sabe que eles não podem viver ou passar pelas provas por você. Eles o ajudam no que é possível, mas a vida é sua – e os seus resultados também.

Você sabe: o guru é legal, o amparador espiritual é luminoso, o mestre é sereno e o anjo é majestoso. Mas também sabe que precisa fazer a sua parte corretamente, enquanto eles fazem a deles, e daí, quando todos estão fazendo bem sua parte, rola aquela sintonia maravilhosa, fruto da sintonia entre consciências que trabalham juntas em prol de objetivos sadios. Consciências que são um PRESENTE.

Você sabe que é uma consciência imperecível, um SER de luz.

Por isso mesmo, mais uma vez eu lhe digo: ABRA O PACOTE E SEJA FELIZ!

(Estes escritos são dedicados àquelas pessoas, independentemente de raça, sexo, religião ou condição social, que trabalham em prol de climas melhores na existência, mesmo em meio a tantos problemas, e insistem em passar a fazer coisas boas na vida, mesmo que ninguém entenda e ainda digam que não vale a pena o esforço. Mesmo assim, elas persistem. Elas são presentes!)

P.S.:
Escrevi estas linhas sob a inspiração de um amparador extrafísico que não quer ser identificado. Segundo ele, o que importa não é quem é o autor, mas sim que o leitor fique feliz e saiba que é um presente de luz.

De minha parte, agradeço ao Papai do Céu por todas essas oportunidades de ser feliz, enquanto compartilho com os outros estes escritos conscienciais. Graças a Ele, descobri que, mesmo tendo muitas deficiências, o meu pacote está aberto e há muita luz irradiando dele.

Sejamos felizes, todos nós.

WAGNER BORGES

P.S.:
Enquanto digitava essas linhas, lembrei-me dos ensinamentos que uma consciência extrafísica amiga me passou recentemente:
"Magia é luz.
Amor é presente.
Luz e amor: vida!
Magia e vida: presença.
Em cada canto da natureza
Ecoam estas palavras:
Magia: amor e luz!
Vida: presença!
Lucidez: consciência!"

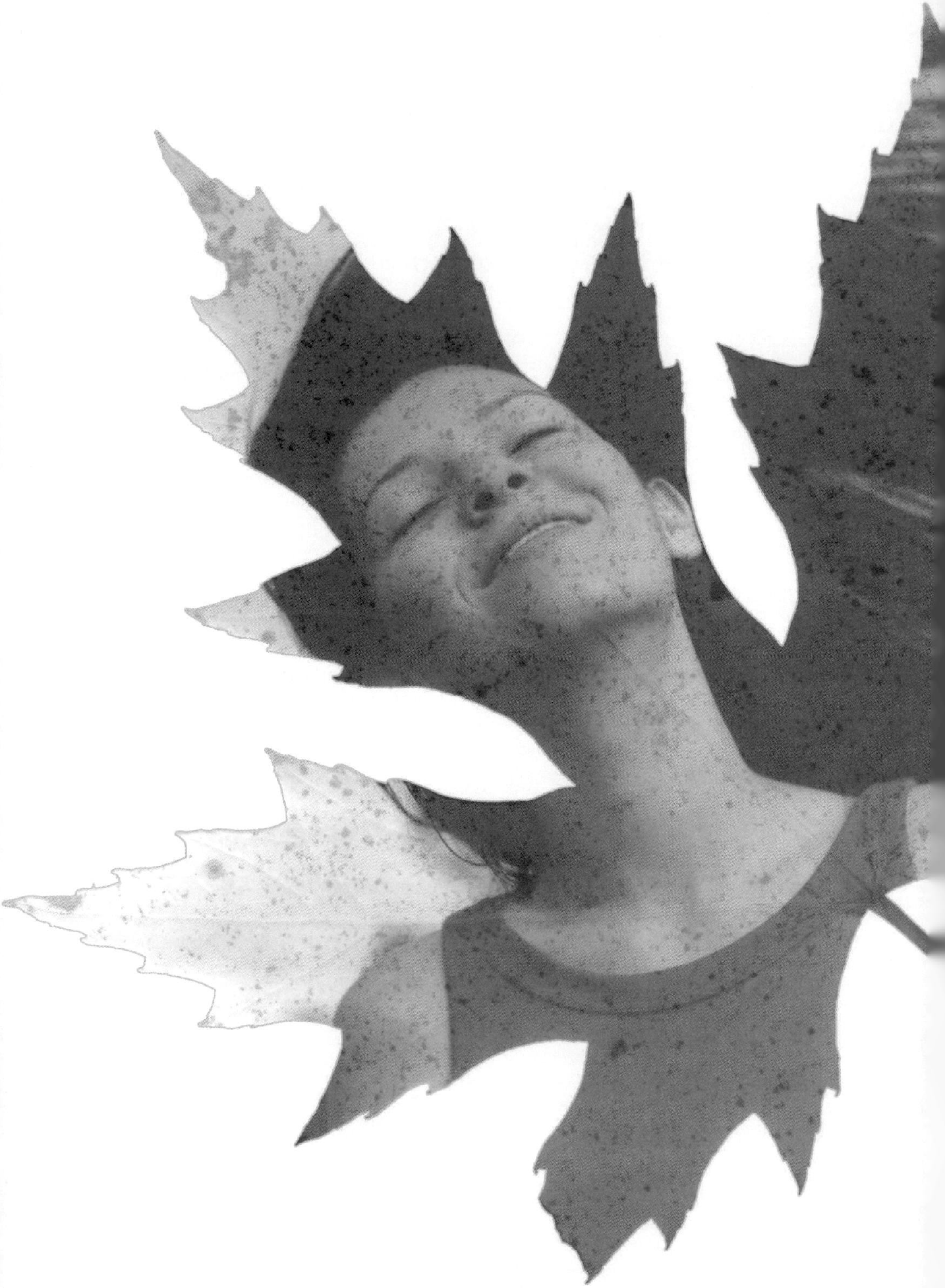

RISADAS NO CORAÇÃO

CARO LEITOR, quando você pensa a respeito de si mesmo, o que vem à sua mente inicialmente?

Você realmente se sente apenas uma manifestação humana com certa maneira de ser advinda da sua identidade psíquica atual?

Você é seu nome, seu corpo, seu número de identidade, sua idade, seu sexo ou seu imaginário idealizado?

Você realmente se sente como um ser limitado no espaço e no tempo?

Você pensa que a morte pode realmente obliterá-lo da existência?

Ou, quem sabe, talvez haja uma parte interna em você que lhe diz algo mais.

Talvez você já tenha "ouvido" ou sentido o seu coração lhe dizer coisas além da necessidade de comer, beber, dormir ou copular.

Talvez ele já o tenha intuído de que há algo além, mas em você mesmo.

Algo que transcende o que você acha de si mesmo; que pulsa em ressonância com outras esferas de consciência.

É bem provável que as "vozes do silêncio" já lhe tenham dito muitas coisas em seu coração, mas sua mente costuma ser "surda", quando o assunto é conhecer a si mesmo.

A mente também costuma ser cega e só vê o que quer, sempre prescindindo do que é veraz e profundo e sempre se enrolando no superficial e temporário das coisas que acontecem.

Também é hábito da mente irritar-se com coisas que escapam aos seus paradigmas e aos seus sentimentos condicionados ao que sabe e acha da vida e dos fatos.

Voltando à pergunta inicial, você ainda se acha apenas uma pessoas com nome, sexo, identidade, tamanho, altura e largura?

Ou será que há algo mais aí dentro de você?

De toda forma, mais importante do que qualquer resposta formatada de sua mente a respeito de si mesmo, é essencial você se perguntar, com frequência, o que é você. E não vale responder dizendo o seu nome ou sua identidade dessa vida atual.

Vale mais não responder nada e meditar a respeito daquelas perguntas de sábios: "Quem sou eu? Esse corpo? Essa mente? Essas emoções? Nasço e morro ou há algo além...?"

Vale mais até rir quando descobrir que as respostas formatadas da mente não respondem ao mistério do SER nem dão paz de espírito.

Vale mais ficar quietinho e mergulhar no coração, que não irá responder nada, só irá lhe dizer, com a "voz do silêncio", que as grandes respostas não são tão importantes e que o melhor é apenas se perguntar para descobrir que não se sabe e, daí, passar a meditar nisso, para um dia realmente saber, não mais com a mente, mas com a consciência real.

E, então, a iluminação acontecerá e com ela surgirão muitas risadas gostosas, principalmente quando se notar que o que se buscava não era tão interessante quanto o próprio fato de buscar.

E, no meio de risadas, talvez alguém sutil lhe diga: "O importante é ser feliz".

Pergunte mais e ria ao descobrir que não sabe. Então, o seu ego desmontará e aí emergirá um novo você, pleno de si mesmo, preenchido de luz, e íntegro, sem fendas separando sua consciência de seu coração. Por favor, ria mais... E compreenda que você é bem mais do que aparenta ou imagina sobre si mesmo.

Compreenda que você é um espírito vivendo uma experiência humana, não o contrário. E que, por mais que os cegos e surdos de consciência lhe digam que não há mais nada além da matéria e da percepção dos sentidos, você ainda sentirá o coração lhe dizendo outras coisas.

Você sentirá que a sua luz espiritual é imperecível e que o amor não se explica com palavras. E também perceberá que, mesmo em meio a tantas coisas estranhas que acontecem na vida cotidiana, ainda assim o seu coração lhe dirá algo a mais...

Ele lhe dirá, no silêncio da inspiração:

"Seja feliz... Ria e compreenda, e encontre-se. Ria... Ria... Ria... Iluminação!"

Paz e Luz.

WAGNER BORGES

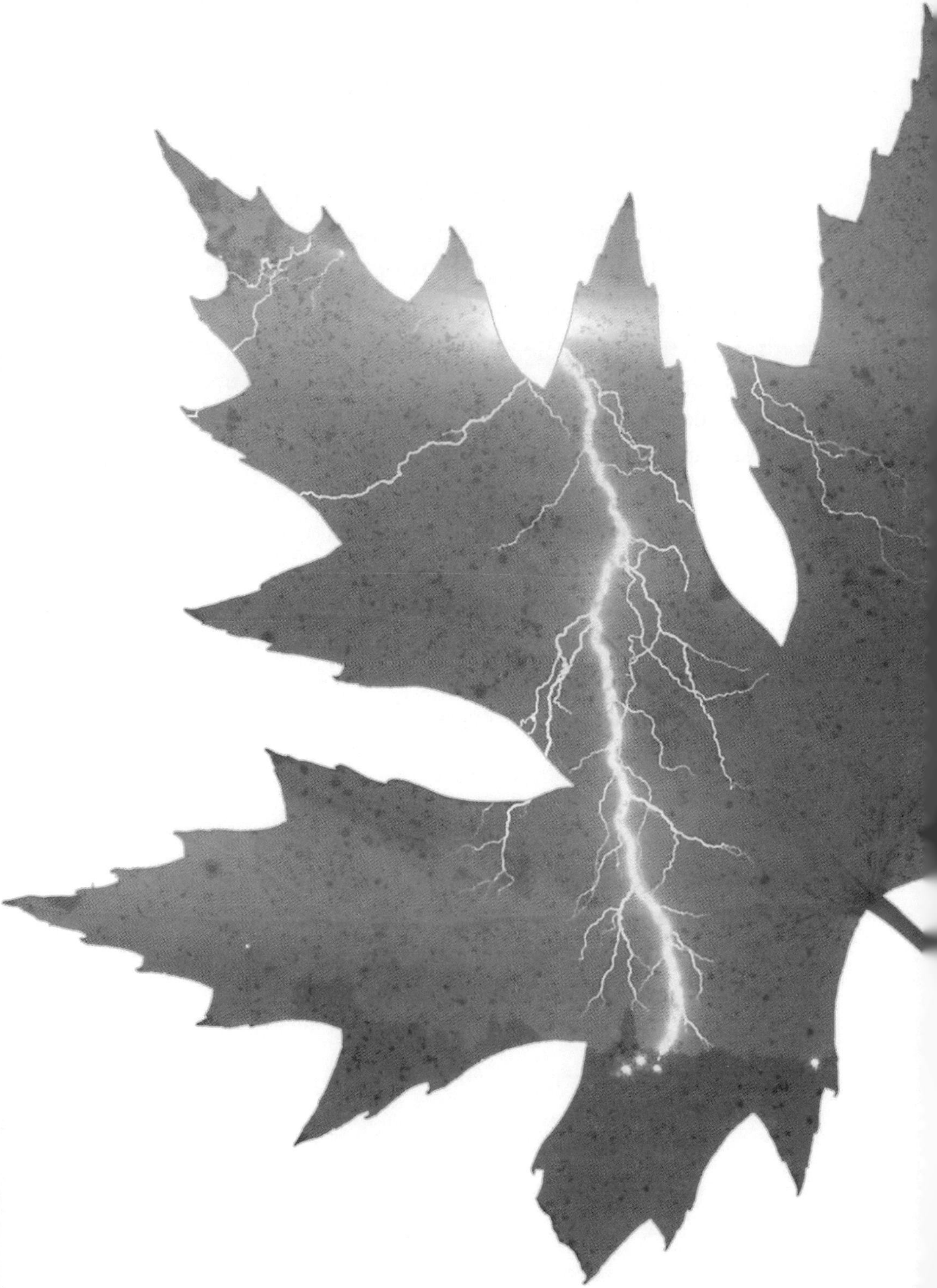

REFLEXÕES DE UM ESCRITOR DA ALMA

O TEXTO A SEGUIR é fruto de dois contatos espirituais com um escritor extrafísico.

Ele escreveu muitos livros sobre espiritualidade e consciência.

Foi morar "do lado de lá" no início da década de 1980.

Mantenho seu nome no anonimato por motivos que só ele conhece.

Por duas vezes, justamente quando eu estava lendo dois livros de sua autoria, ele apareceu e me disse o que está transcrito aqui.

Não é psicografia! Ele apenas apareceu e conversou comigo mentalmente. Inclusive, fui escrevendo o que ele me dizia nas páginas de um dos seus livros.

Ele porta condições extrafísicas muito boas. É dotado de uma calma reflexiva e tem um olhar cheio de sabedoria.

Em dado momento, ele fala do mestre de olhos *Sattva*. Trata-se de um dos *rishis* (sábios espirituais) que inspirou os ensinamentos dos *Upanishads* na antiga Índia. É um dos seres espirituais de quem tenho a sorte de receber orientações e que o nosso amigo escritor também admira profundamente.

Feita essa introdução, vamos à transcrição dessas duas conversas interplanos com esse escritor das coisas da alma.

***

"Andei por bibliotecas e templos sagrados do mundo inteiro.

Vi o momento mágico do nascer e do pôr do sol incontáveis vezes.

Banhei-me nos plácidos raios da lua em muitas noites de meditação.

Vivi só, mas acompanhado por tudo isso.

Refleti, questionei e expus minhas ideias em livros.

O vento da vida espalhou meus escritos.

Ao observar você os lendo, lembrei-me das palavras de um sábio de nome *Omar*:

'Solidão, solidão...

Silenciosa companheira de meditação.

Em sua quietude, vejo incomparáveis mundos, e meus olhos brilham.

Somos companheiros de reflexão.

E podemos voar além da tosca imaginação dos homens.

Sim, podemos ir aos suaves picos da serenidade,

No sagrado recinto do Eu Divino...

No infinito de nós mesmos.'

Ideias fomentam reflexões. Está a cargo dos leitores o uso do raciocínio claro e baseado no discernimento. Ampliar a consciência ou desviá-la de seu curso é escolha de cada um. O escritor semeia ideias. Cabe ao leitor selecionar os temas de seu interesse e refletir em cima deles. É seu trabalho fazer a digestão mental do que lê e aproveitar o que for sensato."

***

"Salve, meu amigo.

Não há lugar mais sagrado do que a 'terra do nosso coração'. É o nosso lar secreto, morada natural de nossa essência indissolúvel.

Somos do mesmo povo, meu amigo. Ambos buscamos a mesma *Sattva*[29].

Viva só, na penumbra dos sonhos e no alvorecer da alma.

Aventurei-me por caminhos ocultos que, quando bem iluminados pelos faróis do conhecimento aplicado, revelaram-me apenas o caminho do coração.

Retirei o véu do ilusório e olhei a verdade.

Vi o dragão do ego devorando-me sem piedade.

Chorei em silêncio...

Passo a passo, lutei tenazmente com ele e me fortaleci.

Caíram as escamas de minha ignorância e senti-me livre, pela primeira vez, completo em mim mesmo.

Não havia mais a pata do dragão pressionando meu coração.

Trabalhei muito anos em silêncio. Refleti muito.

Tive muita ajuda invisível e muitas consciências extrafísicas inspirando-me a escrever. Principalmente tive ajuda daquela consciência magnânima e amorosa, daquele mestre de olhos serenos e profundos.

Você sabe, pois já foi abençoado tantas vezes por esse mesmo olhar. Sabe que o amor comunicado nesse olhar silencioso é portador da pura sabedoria dos *rishis*.

Quantas vezes, na solidão do meu quarto, eu me lembrava desses olhos e sentia-me compelido a escrever. Sem nada dizer,

---

29 *Sattva*: do sânscrito, "equilíbrio, pureza". Tudo o que se refere a *sattva* é considerado *sattvico*. Exemplos: paz interior, equilíbrio emocional e energético, sentimentos elevados, lucidez, discernimento e manifestações equilibradas.

ele era o mentor dos meus escritos, apenas me olhando com amor inspirador.

Muitas vezes, cansado das luzes e do barulho da cidade grande, pensei em isolar-me no campo, bem longe da agitação urbana e de seu ritmo frenético, repleto de consumo rápido e brilhos fugazes, mas desprovido de conteúdo veraz em suas vias.

No entanto, lembrava-me dos olhos dele e tornava a escrever.

Eu, o iogue de outrora, reencarnado e preso numa cidade da Europa. Por isso, através de sua percepção espiritual, você notou minha nostalgia. É verdade. Meu coração queria bater asas e voar para longe, para aquele olhar espiritual.

Em plena efervescência cultural dos anos 1960 e 1970, *rock*, drogas e *pubs* barulhentos, eu venerava a quietude e os acordes de piano e violino e escrevia...

Muitos anos de reflexão se passaram e, no momento certo, desprendi-me do corpo físico e adentrei o plano espiritual suavemente.

Nesse momento final, estava só em meu quarto, mas senti a presença do mestre dos olhos *Sattva* ali juntinho de mim.

Fui puxado tranquilamente para fora do corpo por uma força invisível, que me projetou para dentro de um portal de luz, que se abriu em frente e acima de mim.

Entrei na luz e adormeci contente.

Em todo esse processo, eu estava tranquilo, pois tinha amplo conhecimento do que se passava. Benditas horas de meditação e reflexão ponderadas haviam treinado minha alma para aquele momento final.

Despertei dois dias depois em um lugar de campo aprazível, situado nos planos invisíveis. Você conhece esses trâmites espirituais e fica desnecessário e repetitivo narrar os fatos da minha vida extrafísica daí em diante.

Quando o vi compulsando as páginas do meu livro e sentindo como eu era naquela época de vida, não resisti e vim visitá-lo mais uma vez.

Somos iogues e escritores, meu amigo. Mas, ao contrário de mim, você consegue viver na cidade e superar com bom humor a saudade da pátria espiritual.

Quando se sentir sozinho e cansado, lembre-se dos olhos *Sattva* do mestre.

Ele olhou por mim e olha por você agora.

Ele vem do 'país secreto' que sempre busquei em minhas andanças e pesquisas.

Ele vem do lugar dos *rishis*, com os olhos brilhando de amor, olhar nossos corações-iogues, trabalhando no burburinho do Ocidente.

Meu amigo, estou esperando uma visita extrafísica sua. Quem sabe poderemos escrever algo juntos?

UM ESCRITOR DA ALMA
(Recebido espiritualmente por Wagner Borges)

MOVIMENTOS DA ALMA – VI

Na Terra e nas esferas espirituais,
O movimento é sempre o mesmo:
Alguém partiu ainda há pouco;
Alguém chegou ainda agora.
Ao leitor, Paz e Luz...
Em todos os MOVIMENTOS.

TAMBORES CELTAS

EMBAIXO DAQUELES PILARES sagrados, nós rezamos muito.

Fomos iniciados juntos.

Subimos e descemos os degraus do templo circundado pelas montanhas majestosas.

A neblina foi testemunha de nossos sonhos e ocultou nossa passagem.

Estudamos e falamos muito sobre honra e lealdade.

Os tambores celtas tocaram nossas almas naquele tempo.

Você ainda escuta a canção dos nossos sonhos ecoando pelas montanhas?

Você ainda venera aquela lealdade?

O tempo passou e nós vestimos novas roupas de carne.

Voltamos à prova da vida e da honra.

O amigo de jornadas leais é reconhecido pelas afinidades espirituais.

A neblina é sua testemunha e as montanhas também são suas irmãs.

São suas companheiras silenciosas.

Os tambores celtas soaram e os monólitos foram consagrados.

Você não se lembra desse tempo, mas seu coração sabe!

Irmão, as pedras do caminho são apenas isto: pedras.

Elas não são suas inimigas, só estão no caminho.

Quem já subiu e desceu as altas montanhas com honras não pode ser bloqueado apenas por pedras circunstanciais e temporárias.

Quem escutou e apreciou a melodia da alma jamais apreciará os ruídos da mediocridade e também não desistirá de lutar.

Muitas vezes se levantarão contra a honra e conspirarão contra seus propósitos.

Mas escute os tambores celtas e eles o guiarão na jornada.

A neblina ocultará sua passagem e os monólitos o protegerão.

O tempo passou e vestimos novas roupas de carne.

Subimos e descemos os altos e baixos da vida.

Estamos longe das montanhas, mas estamos protegidos pela honra.

Somos irmãos de jornada e os tambores celtas continuam tocando em nosso coração.

Escute a canção e encontre o caminho...

Paz e Luz!

(Esta canção é dedicada ao meu amigo Sergio Kiss.)

WAGNER BORGES

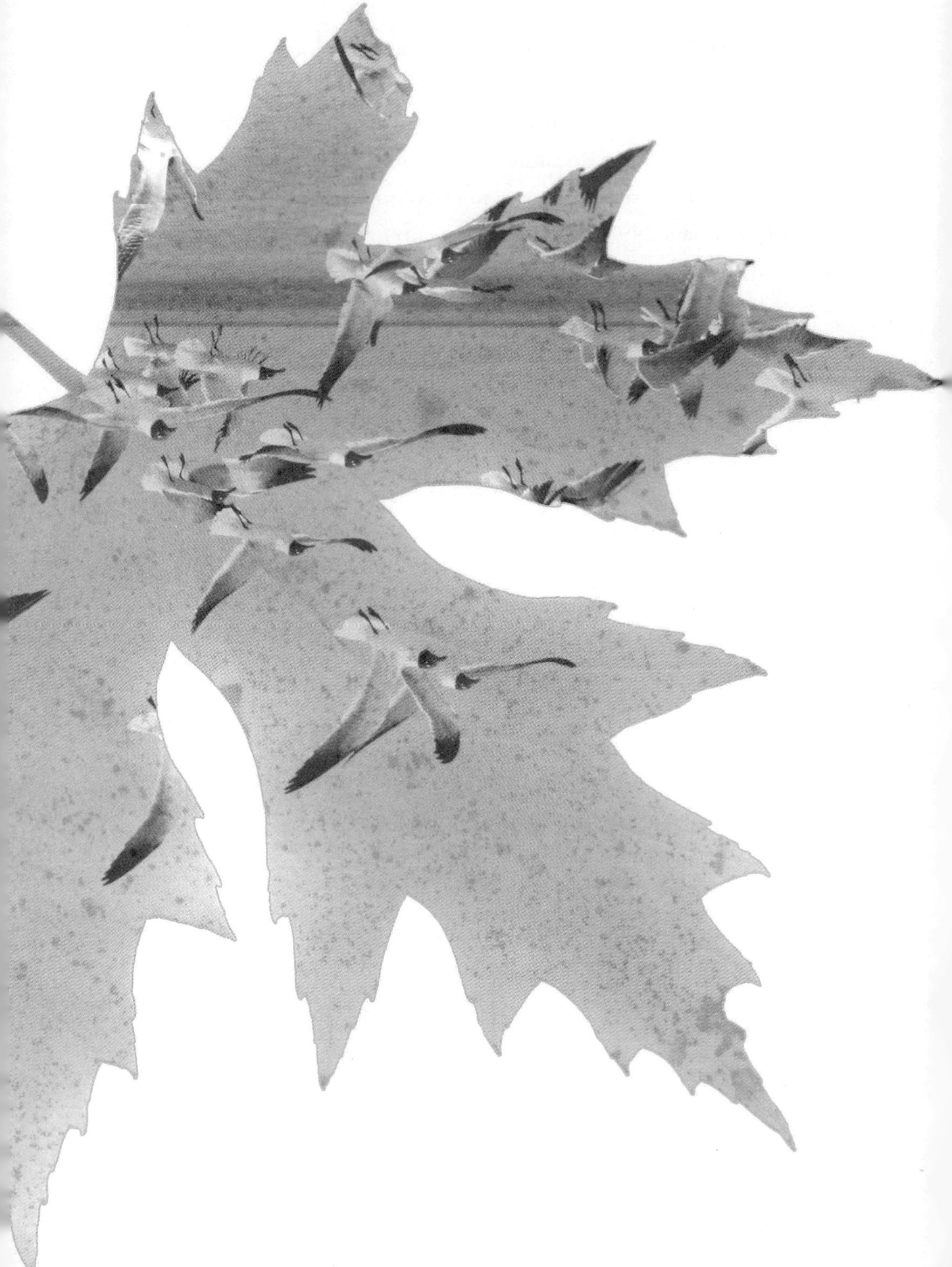

OBRAS DO AUTOR

Viagem espiritual. Editora Universalista, 1993.
Viagem espiritual – II. Editora Universalista, 1995.
Viagem espiritual – III. Editora Universalista, 1998.
Uma lição extraterrestre. Editora Madras, 1998.
Falando de espiritualidade. Editora Pensamento, 2002.
Companhia do Amor – A Turma dos Poetas em Flor. Edição do Autor, 2003.
Companhia do Amor – A Turma dos Poetas em Flor. Vol. II. Edição do Autor, 2005.
Ensinamentos projetivos e extrafísicos. Editora Madras, 2006.
Na Luz de Krishna – O Senhor dos Olhos de Lótus. Editora Zennex, 2007.
Flama espiritual. Edição do Autor, 2008.

CONTATO COM O AUTOR:

IPPB – Instituto de Pesquisas Projeciológicas e Bioenergéticas
Rua Gomes Nogueira, 168 – Ipiranga – São Paulo-SP
Tel.: (11) 2063-5381 / 2915-7351 (das 12 às 18h.)
E-mail: eippb@uol.com.br
Site na Internet: www.ippb.org.br

BIBLIOGRAFIA
(RESUMIDA E DIRECIONADA PARA OS TEMAS DESTE LIVRO)

Sugiro aos leitores os seguintes livros sobre vida após a morte:
BORGIA, Anthony. *A vida dos mundos invisíveis*. Pensamento.
BOZZANO, Ernesto. *A crise da morte*. Federação Espírita Brasileira.
CARVALHO, Vera Lúcia M. de. *Violetas na janela*. Petit.
DOORE, Gary. *Explorações contemporâneas da vida após a morte*. Pensamento.
GREVES, Helen. *Testemunho de luz*. Pensamento.
LEADBEATER, Charles Webster. *O que há além da morte*. Pensamento.
MAES, Hercílio. *A vida além da sepultura*. Editora do Conhecimento.
MAES, Hercílio. *Semeando e colhendo*. Editora do Conhecimento.
MODY Jr., Raymond. *Vida depois da vida*. Nórdica.
PRAAGH, James Van. *Conversando com os espíritos*. Ed. Sextante.
RITCHIE, George Gordon. *Voltar do amanhã*. Nórdica.
XAVIER, Francisco Cândido. *Nosso Lar*. Federação Espírita Brasileira.

O PROF. WAGNER BORGES é pesquisador espiritualista, projetor extrafísico, conferencista, consultor da *Revista UFO* e colaborador de várias outras revistas, como *Sexto Sentido*, *Espiritismo e Ciência*, *Revista Cristã de Espiritismo*, *Caminho Espiritual* e também do jornal *O Legado*.

É autor de onze livros dentro da temática projetiva e espiritual, dentre eles a série *Viagem espiritual*, sobre as experiências fora do corpo.

É colunista de vários sites na Internet: SomosTodosUm (www.somostodosum.com.br), *Revista Sexto Sentido* (www.revistasextosentido.net/wagner-borges/), IPPB (www.ippb.org.br), dentre outros.

É radialista – apresentador do programa "Viagem Espiritual", na Rádio Mundial de São Paulo (95.7 FM).

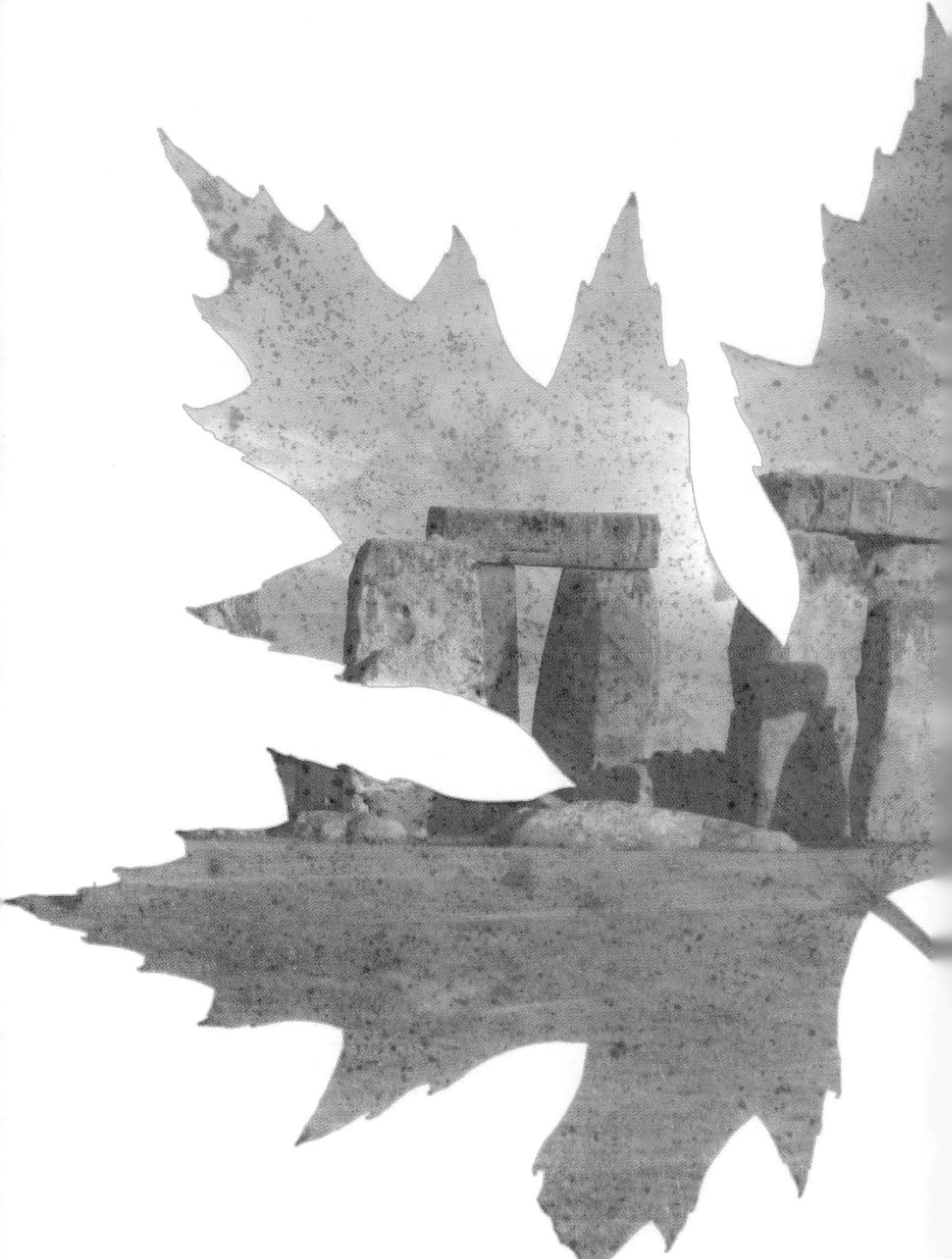

MUITOS MESTRES ENSINARAM A MESMA VERDADE:

"DIAS RUINS NÃO SÃO AQUELES QUE AMADURECEM

TEMPESTUOSOS. NÃO, NÃO!

SÃO AQUELES DIAS EM QUE NÃO NOS LEMBRAMOS

DO SENHOR DA VIDA E MERGULHAMOS NO POÇO DAS

EMOÇÕES PESADAS".

OUTRAS PUBLICAÇÕES

Luz da Serra
EDITORA

FITOENERGÉTICA
A Energia das Plantas no Equilíbrio da Alma

BRUNO J. GIMENES

O poder oculto das plantas apresentado de uma maneira que você jamais viu. É um livro inédito no mundo que mostra um aprofundado estudo sobre as propriedades energéticas das plantas e seus efeitos sobre todos os seres.

Páginas: 320
Formato: 16x23cm

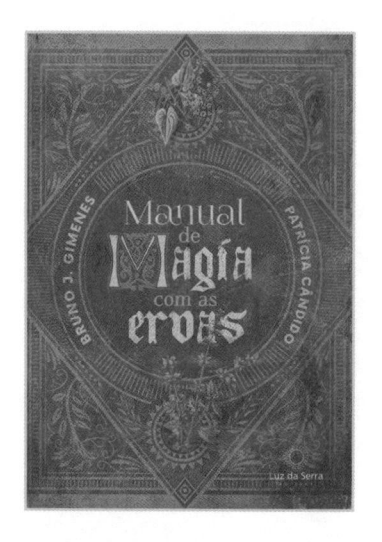

MANUAL DE MAGIA COM AS ERVAS

BRUNO J. GIMENES
E PATRÍCIA CÂNDIDO

Neste livro, você terá em suas mãos o método, testado e aprovado, passo a passo, da magia com as ervas. Aprenderá a usar benzimentos, mandalas, incensos, chás, sachês, amuletos, patuás, sprays e muitas outras técnicas poderosíssimas para você transformar profundamente a sua vida e a das pessoas ao seu redor.

Páginas: 256
Formato: 16x23cm

TARÔ DA FITOENERGÉTICA
*A Mensagem das Plantas para
a Transformação e Cura da Alma*

**BRUNO J. GIMENES,
PATRÍCIA CÂNDIDO
E DENISE CARILLO**

Com o Tarô da Fitoenergética, você se beneficiará com recomendações terapêuticas e caminhos para o despertar da sua consciência e da cura dos seus aspectos negativos de personalidade.

Você sentirá o campo de energia invisível presente no reino vegetal lhe envolvendo, e consequentemente, receberá as influências poderosas profundamente dirigidas à sua alma.

Este Tarô é composto por 118 espécies diferentes de plantas, carregam consigo uma força que ultrapassa as barreiras da simples compreensão humana, alcançando um nível muito profundo.

Páginas: 36 (acompanha 118 cartas coloridas)
Formato: 14x21cm

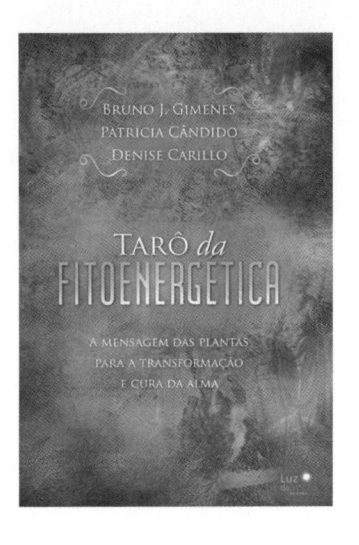

GRANDES MESTRES DA HUMANIDADE
Lições de amor para a Nova Era
PATRÍCIA CÂNDIDO

A autora reúne neste livro as propostas de evolução que 50 grandes almas apresentaram à humanidade. Nada melhor do que aprender com quem conseguiu conquistar o maior sucesso possível: o ato divino de transcender a matéria e seguir evoluindo em outros planos.

Páginas: 336
Formato: 16x23cm

CÓDIGO DA ALMA
Descubra a causa secreta das doenças
PATRÍCIA CÂNDIDO

Imagine se cada um de nós, ao ter uma dor de cabeça, pudesse decodificar qual é a emoção nociva ou o fato que a causou? Você consegue imaginar como seria viver esta incrível realidade: compreender a real causa de suas dores e doenças e até mesmo ajudar seus amigos e familiares que enfrentam problemas graves de saúde? Pois é justamente disto que trata esta obra: as causas mentais e emocionais que desencadeiam as doenças físicas! Saiba como blindar a sua saúde para desfrutar de uma vida feliz e conectada com a missão da sua alma!

Páginas: 320
Formato: 16x23cm

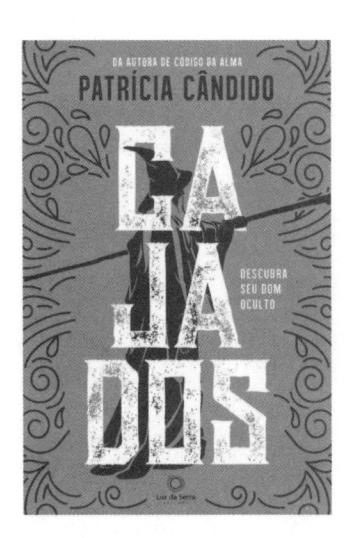

CAJADOS
Descubra seu dom oculto
PATRÍCIA CÂNDIDO

É um livro esclarecedor que mostra formas simples e eficientes para ajudar você a tomar decisões sábias, encontrar e realizar a sua missão de vida, produzindo em sua vida efeitos intensamente positivos.

Páginas: 168
Formato: 16x23cm

O TRATADO DA PROSPERIDADE
BRUNO J. GIMENES

Você já se perguntou: "O que falta para eu me tornar rico?" Apesar de trabalhar duro, ajudar as pessoas ou possuir muitos clientes, você nunca consegue sair do lugar? Fica sempre rodando em círculos ou sente que nem todo o esforço do mundo é suficiente para você criar a prosperidade real na sua vida? O método apresentado por Bruno Gimenes vai transformar radicalmente a sua prosperidade. Não seja apenas o que dá para ser, seja tudo o que você pode ser!

Páginas: 208
Formato: 16x23cm

DECISÕES
Encontre a sua missão de vida
BRUNO J. GIMENES

É um livro esclarecedor que mostra formas simples e eficientes para ajudar você a tomar decisões sábias, encontrar e realizar a sua missão de vida, produzindo em sua vida efeitos intensamente positivos.

Páginas: 168
Formato: 16x23cm

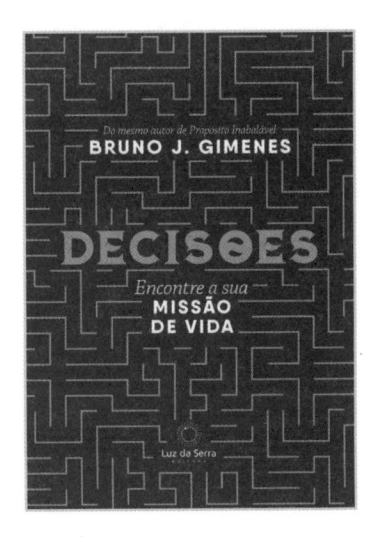

MINUTO DA GRATIDÃO
O desafio dos 90 dias que mudará a sua vida
MARCIA LUZ

Como seria ter a vida de seus sonhos, com a autoestima reforçada, a saúde restabelecida, as emoções equilibradas, os relacionamentos fortalecidos e a vida financeira crescendo vertiginosamente? Parece bom demais, não é mesmo? Tudo isso está a seu alcance de uma maneira simples, rápida e poderosa, apenas dedicando um minuto por dia à prática da gratidão. Neste livro, você terá a oportunidade de vivenciar na própria pele todos esses resultados durante nosso desafio de 90 dias. Descubra os verdadeiros milagres que a gratidão é capaz de operar na vida de todos aqueles que a praticam com disciplina e método.

Páginas: 232
Formato: 16x23cm

CUIDE-SE
Aprenda a se ajudar em primeiro lugar
CÁTIA BAZZAN

Você se preocupa tanto com os outros que chega a assumir responsabilidades que não são suas? Neste livro, você vai descobrir a importância de se cuidar em primeiro lugar para depois conseguir ajudar as pessoas de forma equilibrada, sem se sobrecarregar ou carregar fardos pesados.

Páginas: 200
Formato: 16x23cm

VIAGEM ESPIRITUAL
A projeção da consciência
WAGNER BORGES

Você já despertou durante a noite e descobriu que não podia se mover? Nessa hora, você tentou desesperadamente gritar, mas não conseguiu? A sensação era a de que uma força invisível imobilizava os seus movimentos e calava a sua voz? Você chegou até a imaginar que um espírito havia lhe dominado? Com o conteúdo revelado neste livro, você terá as ferramentas para passar por essa experiência sem nenhum risco. Saiba mais sobre a projeção consciencial.

Com ilustrações de Leonardo Dolfini

Páginas: 288
Formato: 16x23cm

O PODER DAS CORES
*Um guia prático de cromoterapia
para mudar a sua vida*
MARCELO U. SYRING

As cores possuem propriedades terapêuticas que contribuem com o nosso equilíbrio físico, mental, energético, emocional e espiritual. Neste livro, você vai aprender como usá-las a seu favor, pois está em suas mãos um guia com exercícios para colocar em prática a partir de agora.

Páginas: 184
Formato: 16x23cm

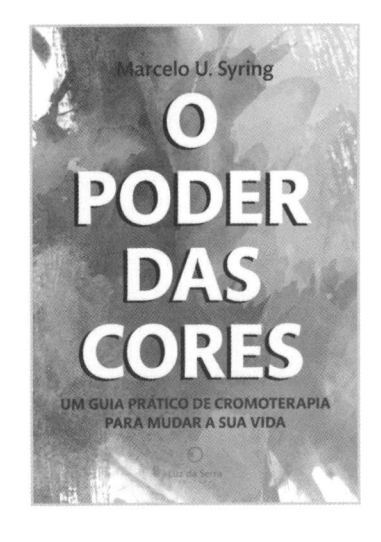

Transformação pessoal, crescimento contínuo, aprendizado com equilíbrio e consciência elevada.

Essas palavras fazem sentido para você?

Se você busca a sua evolução espiritual, acesse os nossos sites e redes sociais:

iniciados.com.br
luzdaserra.com.br
loja.luzdaserraeditora.com.br

luzdaserraonline
editoraluzdaserra

luzdaserraeditora

luzdaserra

Luz da Serra
EDITORA

Avenida 15 de Novembro, 785 – Centro
Nova Petrópolis / RS – CEP 95150-000
Fone: (54) 3281-4399 / (54) 99113-7657
E-mail: livros@luzdaserra.com.br